W9-ADA-454

SV

Martin Walser
Ohne einander

Roman

Suhrkamp Verlag

PT
2685
. A48
042
1994
may 1994

Dritte Auflage 1994
© Suhrkamp Verlag Frankfurt am Main 1993
Alle Rechte vorbehalten
Druck: Ebner Ulm
Printed in Germany

Ohne einander

Ellen

Das kann nur ihr passieren.

Ellen rannte aus dem Konferenzsaal. Da sie in zwei Stunden einhundertundacht Zeilen abliefern mußte, konnte ihr Wegrennen nur als ein Ausdruck ihres Eifers verstanden werden. Sie war aber wütend. Da macht sie, um ein Problem zu lösen, das sie nicht verschuldet hat, einen Vorschlag, der wird von allen sofort angenommen, aber dann soll sie ihren Vorschlag auch noch selber verwirklichen.

Ellen stürmte an Margot vorbei. Sie können gehen, rief sie. Ich brauche Sie noch. Aber gehen Sie nur. Einhundertundacht Zeilen. Die werde ich wohl noch selber eingeben können. Wenn ich sie erst einmal habe. Jetzt gehen Sie doch, Margot. Es muß nicht Ihr Nachmittag auch noch verdorben werden, nur weil ich so blöde bin, einen Vorschlag zu machen, der dann an mir hängen bleibt. Das kann nur mir passieren. Gehen Sie, Ihr Mann wartet.

Margot sagte, wenn sie jetzt mit ihrem Mann nach Murnau hinausfahre und dann auf dem Moos-Rundweg hinter ihrem Mann herrenne, weil doch vor Sonnenuntergang das größte zusammenhängende Moorgebiet Mitteleuropas durchquert werden müsse, dann werde sie, das wisse sie jetzt schon, nur an die Frau Doktor denken...

Ellen, sagte Ellen.

...an Ellen denken, die hier am Computer sitze. Daß

9

sie nur an Frau Doktor beziehungsweise an Ellen denke, werde ihr Mann merken, obwohl er immer einen Schritt voraus sei und andauernd über das informiere, was jetzt gerade ins Blickfeld komme. Und wenn er es merke, werde es, bevor sie den Rundweg halb hinter sich hätten, zum Krach kommen. Und Krach kriegen, einander anschreien, in der freien Natur, das sei viel viel schlimmer als Krach zu Hause. Ihr Mann sei so eifersüchtig. Sie darf in seiner Gegenwart an nichts denken, was sie ihm nicht sofort sagt. Besonders auf einer Wanderung. Da müsse sie immer das sehen, was er gerade sieht, und genau die Freude empfinden, die er gerade empfindet. Der Natur gegenüber gebe es nur Einklang. Oder eben – wenn die fehle – Zwietracht.

Ellen und Margot lachten.

Jetzt gehen Sie schon, sagte Ellen.

Margot sagte: Ich muß. Oder sie rufe an und sage ihrem Mann, daß die Frau Doktor sie noch brauche. Ihrem Mann täte es nur gut, wenn er einsehen müßte, daß es etwas Wichtigeres gebe, als auf dem Moos-Rundweg hintereinander herzurennen. Wenn das Erscheinen der nächsten DAS-Nummer auf dem Spiel stehe ... das müßte er einsehen. Aber sie kenne ihn. Er sieht es nicht ein, Frau Doktor.

Ellen, sagte Ellen.

Er sieht es nicht ein, Ellen. Er ist ein Familientier. Wenn Sie diese Tierart kennen! Und bei Föhn sowieso nicht. Bei Föhn muß nach jedem Arbeitstag noch ein

Rundweg durchmarschiert werden. Gestern Gugel-
hör, Höhenrundweg von Kleinweil nach Kleinweil,
zurück an der Loisach, ein Panorama, da purzeln die
Gipfel bloß so herein. Bei Föhn sieht ihr Mann Berg-
spitzen, die er noch nie gesehen hat, aber er weiß die
Namen und bleut die seiner Frau ein, als hänge ihr
Leben davon ab, für völlig gleich aussehende Bergspit-
zen völlig verschiedene Namen aufzusagen.
Ellen tat, als mache sie sich Notizen. So lange sie mit
Margot redete, würde die nicht gehen. Ellen sagte:
Einen schönen Gruß an Herrn Brunnhuber. Margot
seufzte geradezu wütend auf, ging aber. Blieb noch
einmal stehen. Sie mit Ihrem bösen Schnupfen hier
sitzen zu lassen, daß ich das fertig bringe, das werf' ich
mir schon vor!
Ellen rief: Danke! Hinaus jetzt!
Sobald Margot draußen war, rief Ellen Ernest an.
Eigentlich durfte Ernest nicht mehr zu Hause sein.
Er müßte jetzt mindestens auf dem Mittleren Ring
sein. Aber vielleicht war auch bei ihm etwas dazwi-
schengekommen. Es meldete sich eine Frauenstimme:
Bei Müller-Ernst. Ellen kannte diese Stimme. Woher kannte sie diese Stimme? Sie tat, als habe sie nicht
richtig gehört, als sei die Verbindung nicht gut, sie
sagte: Hallo, hallo! Sie wollte die Stimme noch einmal
hören. Jetzt sagte die Stimme: Sind Sie's Ellen? Ellen
legte auf. Sie zitterte. Sie schwitzte sofort. Sie mußte
sich eine Zigarette anzünden und gleich wieder aus-
machen. Wenn ihr Frühjahrsschnupfen ausgebrochen

war, hatte sie bei jedem Zug an der Zigarette das Gefühl, sie fahre mit einer Bürste über eine offene Wunde.

Die wohnt also schon bei ihm. Deshalb hat er darauf bestanden, daß man sich heute bei Ellen treffe. Und was für eine Begründung! Nach fast vier Jahren habe er wohl das Recht, ihre Kinder kennenzulernen. Den Mann lieber nicht. Aber der sei doch ohnehin nie da. Aber Sylvi und Alf. Seit Jahren rede Ellen von Sylvi und Alf. Das meiste in diesen Jahren sei unterblieben wegen Sylvi und Alf.

Ellen hatte nachgegeben. War doch auch anerkennenswert, daß Ernest sich endlich für ihre Kinder interessierte. Jetzt würde Ernest dort eintreffen, und sie war nicht da. Oder sie führe hin, DAS erschiene ohne die befohlene BUGSY-Auswiege, der Prinz käme in den übelsten aller Verdächte, den des Antisemitismus, schuld: Ellen Kern-Krenn. Ende einer Karriere. Der Prinz verließ sich auf sie. Gib doch zu, das tut dir gut, daß der Prinz sich auf dich verläßt! Endlich bist du wieder einmal wichtig oder nötig. Schon daß du brauchbar bist, tut dir gut.

Der Prinz hatte seine Fäustchen gegen seine hellgrünen Revers geschlagen und hatte gerufen, jetzt sei er richtig stolz auf das Unbehagen, das ihn bei der BUGSY-Geschichte befallen habe. Endlich wieder ein Textbeitrag von unserer Orchideenzüchterin! Einige hatten gelacht. Ja, ja, hatte der Prinz gesagt, daß ihr Tulpennulpen wieder wißt, was ihr seid. Falls unsere

12

Ellen nicht wieder unter ihren Selbstüberforderungen zusammenbricht und dann statt Orchideen Storchideen liefern muß. Mehr Gelächter. Ellen hatte gespürt, wie sie errötete. Der Prinz spielte an auf ihren Artikel KONVERSATION DER STÖRCHE. Was sie geschrieben hatte über die sich durchs Jahrhundert quälende Abtreibungsdebatte, war in der Konferenz so lange zerredet worden, bis von ihren Sätzen keiner mehr heil geblieben war. Seitdem hatte Ellen fast nur noch Interviews abgeliefert.

Der Prinz ließ die Konferenz auslachen, dann sagte er, es falle ihm leicht, Ellens Vorschlag zu loben, weil er dadurch, daß er Willi André Königs BUGSY-Geschichte nicht ohne weiteres ins Magazin nehmen wollte, Ellen zu ihrer noblen Idee inspiriert habe. Doch, doch, Ellen, sträuben Sie sich nicht, Sie haben da eben eine noble Idee geboren. Er lobe diese Idee stürmisch, weil Ellen, die manchmal die Konferenz nur noch als Statthalterin ihrer früheren Erfolge absitze, was bei der Exzellenz dieser Erfolge nur zu verständlich sei, weil Ellen sich endlich wieder einmal gebärerisch ins Zeug gelegt habe. Ellen, you made my day.

Ellen fühlte sich erpreßt. Sie war erpreßbar. Wie alle. Verschiedene Grade von Erpreßbarkeit, das war der wichtigste Unterschied unter den Redaktionsmitgliedern. Von oben nach unten nahm die Erpreßbarkeit zu. Führungsstil hieß das. Verbal war es Formlosigkeit mit Niveau. Dabei suggerierte der Prinz, er folge in

13

allem guter angelsächsischer Tradition. Ellen fand, der Prinz folge nur seiner eigenen Natur. Er lobte nur soviel, wie er durch geistreichen Hohn gleich wieder zunichtemachen konnte. Wer ihn kennenlernte, wagte nicht, ihn nicht nett zu finden. Eine seiner Lieblingsrollen: daß er nichts ernst nehmen könne, am wenigsten sich selbst. Er lud immer dazu ein, nicht für ganz voll genommen zu werden. Wehe dem, der dieser Einladung folgte. Er tat, als wisse er nichts sicher, nichts genau. Er spielte das Gegenteil eines Rechthabers. Aber da er immer recht hatte, mußte er dann doch immer seine Ansicht, seinen Entschluß durchsetzen. Aber immer in dieser nachgiebigen, nicht ernstgenommen sein wollenden Art. Die dümmste Frage, die je gestellt worden sei, sei die: Was ist Wahrheit. Daß diese Frage endlich aus der Welt verschwinde, dazu hat der Prinz DAS MAGAZIN DER MEINUNG erfunden. Es gibt keine Wahrheit, nur Versionen. Sagt der Prinz. Sagt DAS MAGAZIN. Es so simpel sagen, wie es ist, dazu gehört Mut, sagt DAS. Eine Million Menschen stimmen jede Woche für DAS.

Der Prinz trinkt inzwischen. Er sucht das nicht zu verbergen. In der Haus-Cafeteria herrscht Alkoholverbot. In keinem Zimmer des DAS-Turms darf Alkohol getrunken werden. Fände eine Putzfrau in einem der Büros Alkohol, müßte sie es sofort in der Personalabteilung melden. Täte sie's nicht, und das käme heraus, würde sie sofort entlassen werden. Und der, der den Alkohol ins Haus gebracht hatte, auch. Und zwar sofort und bedingungslos. Das hatte man, wenn man DAS-Mitarbeiter wurde, unterschrieben. Der Prinz verschwand alle zwei Stunden, ging in eine Kneipe um die Ecke, wo sein Whisky für ihn bereitstand. Dorthin durfte niemand mit. Dorthin bestellte er keinen. Trotzdem wußte man erstaunlich genau, wie er dort saß und Käsebrote unter der Glashaube hervorholte und aß. Die Käsescheiben auf seinen Broten biegen sich an den Rändern hoch, so trocken sind sie, obwohl auf jeder Käsescheibe eine durchsichtige Folie liegt. Oft beiße der Prinz, so erzählt man, zuerst in die Folie hinein, dann erst löse er die Folie von der Käsescheibe. An dieser Stelle erwähnt, wer den Prinzen als einsamen Whiskytrinker und Käsebrotesser schildert, daß der Prinz zu Münchens Reichsten zähle. Nach Whisky und Käsebrot kommt er zurück und fährt mit dem Aufzug, zu dem nur er und seine zwei Sekretäre den Schlüssel haben, hinauf in die Chef-Etage; in sein Dachgelaß, wie er den mit Mahagoni ausgekleideten Salon dort oben nennt. Seinen Auftritt hat er immer am Freitag, auf der Schlußkonferenz für die Nummer der nächsten Woche. Heute hatte sich der Prinz in einen Artikel von Willi André König verbissen. Ellen gönnte Willi André König die satirische Behandlung durch den Prinzen. Noch mehr, dachte sie, schärfer, härter, böser, Prinz! Schuft, dachte sie, du traust dich nicht, weil Willi André König Literaturkritiker ist und ein begnadeter Selbstinszenierer, also prominent. Aber doch nicht durch den Kopf, sondern durch die

Medien. Leider war der Prinz nicht mutig. Ihn ärgerte offensichtlich, daß er von vorne, wo er von seiner rötlich bezogenen Empire-Chaiselongue aus die Konferenz dirigierte, Willi André König, während er zu ihm und über ihn sprach, überhaupt nicht sah, weil König immer auf dem Boden saß, weiter hinten, an einer Seitenwand. Der Prinz hätte aufstehen müssen, um König ansprechen zu können. Das tat er nicht. Also sprach er in die Richtung, in der König immer saß. Willi André König hatte eine in Frankreich erschienene Schilderung des Lebens des amerikanischen Gangsters Benjamin »Bugsy« Siegel zum Anlaß genommen, den deutschen Schriftstellern wieder einmal zu demonstrieren, wie langweilig die von ihnen geschriebenen Bücher seien. Einen anderen Grund, eine französisch und romanhaft geschriebene, noch nicht einmal übersetzte Gangsterbiographie zu besprechen, gab es wohl nicht. Einen anderen Grund fingierte König auch offenbar nicht. Und der Prinz war nichts als einverstanden mit der Schriftstellerschelte, die König so entfesselt hatte. Fast jauchzend – wenn er sich erregte, geriet seine nicht besonders kräftige Stimme in eine Art jauchzendes Zwitschern – las er den Satz vor, in dem König einfach feststellte, daß die deutsche Literatur zur Zeit die langweiligste der Welt sei. Keiner der zur Zeit deutsch Schreibenden könne ein fabelhaftes Gangsterleben so fabelhaft erzählen wie dieser vollkommen unbekannte französische Autor. So weit, so gut, sagte der Prinz, aber ... Dann ging's los. Benjamin »Bugsy«

Siegel war Jude, schon wie König ihn einen Lower East Side-Juden nenne, einen Hell's Kitchen-Juden, wie König youpin einsetze, das französische Schimpfwort für Juden, wie er dreimal zitiere Ces sales youpins, wie er diese Verbrecherwelt als eine hauptsächlich jüdische referiere! Al Capone und Lucky Luciano kommen zwar vor, aber die auch als solche bezeichneten »Zaren des Verbrechens«, die hochspezialisierten Killer und Erpresser, sind eben Benjamin »Bugsy« Siegel, Sam »Red« Levine, Samuel Bloom, Charly »King« Solomon, Mendy Weiss, Allie Tannenbaum, Lulu Rosenkrantz, Ab Landau, Louis Lepke Buchhalter, Frankie Tuttlebaum, Meyer Lansky und und und. Sogar ein Sholem Bernstein morde mit, das habe ihm als Lenny-Verehrer besonders weh getan. Aber vielleicht hätte er diesen Eindruck jüdischer Dominanz beim organisierten Verbrechen noch hingenommen, wenn dieser Bugsy dann nicht noch als Eroberer Hollywoods dargestellt wäre. Hollywood empfängt den Mann, der ungezählte Morde begangen hat, mit einer großen Party, Star George Raft, auch von der Lower East Side, richtet sie aus, Bugsy, Jean Harlow am Arm, tritt ein, Louis Armstrong singt:

> Oh! When Benny goes marchin' in
> Oh! When Benny goes smilin' in
> Ev'ry one wants to smile with him.

Bugsy bewohnt eine Fünfunddreißig-Zimmervilla, engagiert Glenn Miller und Jimmy Dorsey, gibt seinerseits eine grandiose Party, die Gäste heißen Erol Flynn, Clark Gable, Marx Brothers und und und, aber – und da hat der Prinz nicht mehr mitgemacht, da muß er Willi König denn doch am Portepee fassen – aber auf Bugsy's Party sind auch die größten Produzenten da, Samuel Goldwyn, Louis B. Mayer, William Fox, David Selznick, Harry und Jack Cohn, Juden, und Bugsy nimmt sich einen nach dem anderen vor, die Szene Bugsy-Jack Warner, zum Beispiel: Bugsy hat in New York von seinem Lehrmeister Meyer Lansky gelernt, wie man eine Gewerkschaft erobert, korrumpiert, instrumentalisiert, Jack Warner steht kurz vor Drehbeginn für Robin Hood, Regie Michael Curtiz, Hauptrollen Errol Flynn, Olivia de Havilland, Bugsy schildert dem Gewaltigen, was passiert, wenn die unzähligen Statisten bei Drehbeginn das Studio verlassen, ein Statist verdient zweieinhalb Dollar pro Tag, Bugsy fordert einhunderttausend, und der Film kann planmäßig ohne jede Störung durch Streiks gedreht werden, von Errol Flynn kassiert er so fünfundzwanzigtausend, als die Party im Morgengrauen zu Ende geht, hat Bugsy eine Million Dollar verdient, beziehungsweise kassiert. Der Prinz rief: Oh nein, oh nein, oh nein! Es sei sein Fehler gewesen, Willi André König die BUGSY-Geschichte überhaupt anpacken zu lassen. Ihm hätte auffallen müssen, daß Bugsy Jude gewesen sei. Zwar: was wäre DAS ohne Willi André Königs letalen Touch! Und vom weltweit Wellen schlagenden Großschriftsteller bis zum lyrisch zirpenden Schwabinger Schrankschwuchtel sehe er jeden und jede nur zu gern in Königs Umarmung erlöschen. Aber: einen Juden eben nicht.

Mit dieser Wortwahl bezog sich der Prinz darauf, daß König in der Branche Erlkönig genannt wurde. Manche behaupten, König habe diesen Nom de guerre selber in Umlauf gebracht. Warum muß, rief der Prinz in Richtung König, ein deutscher Rezensent dieses Buches die in diesem Buch behauptete Symbiose von jüdischem Verbrechen und jüdischem Hollywood so fromm wie sinnlich nachbeten?! Es hätte ja genügt, wenn der DAS-Leser erfahren hätte, daß Hollywood die Tics und Manieren der wirklichen Gangster in Filmen imitierte und daß dann die wirklichen Gangster die Gangsterfilme mit größtem Vergnügen angeschaut und die Tics und Manieren der Schauspieler kopiert haben. Aber daß ein in Bugsy's Team mordender Irving Goldstein behauptet, Edward G. Robinson habe die Gangsterhauptrolle in *Little Cesar* nur bekommen, weil er ihm, Irving Goldstein, zum Verwechseln ähnlich sehe, das, lieber Herr König, ist halb richtig und doppelt falsch. Mein Liebling Edward G. Robinson hat die Rolle bekommen, weil er ein Unglück im Gesicht hat, das jeden Gangster zum Menschen macht, und weil er so aussieht, daß er einen spielen kann, der Cesar Enrico Bandello heißt. Wir werden, rief der Prinz, für die einleuchtendste Version dessen, was es nicht gibt, bezahlt, nicht aber für Nachrichtenaufmischung nach Goebbels' Art. Ja, ja, jaa, Ladies und

Gentlemen! Er, der Prinz, scheue kaum einen Verdacht, mit dem DAS jahraus jahrein überzogen werde, im Gegenteil, er gestehe es hier, im Getümmel dieses Tages, er sei süchtig danach, als Kapitalist, Kommunist, Anarchist, Atheist, Nationalist, Militarist, Pazifist, Satanist, Sadist, Masochist, Liberalist, Bestialist verdächtigt zu werden, nur in den trivialsten und uninteressantesten Verdacht, den des Antisemitismus nämlich, wolle er nicht geraten. Auch nicht durch Sie, Herr König.

Willi André König hatte darauf nur gesagt: Meine Großmutter mütterlicherseits hieß Hilde Wasserfall. Und der Prinz, atemraubend geistesgegenwärtig: Gut, die Geschichte bleibt. Aber sie wird von einer Gegengeschichte begleitet. Einhundertacht Zeilen BUGSY-Auswiege! Los, boys und girls, laßt Vorschläge rauschen.

Ellens Vorschlag ging als bester durch.

Ellen war in der vergangenen Woche in Zürich gewesen, mit Ernest Müller-Ernst. Sie hatte in Zürich für ihre Serie *Geld und Geist* ein Interview gemacht mit einem Börsenmakler, der schon viele Millionen verdient hatte und immer noch Bücher schrieb über Ikonen. Das Ritual ihrer Interviews verlangte es, daß sie als Tischgespräche geführt wurden. Das hatte sie vor Jahren so angefangen für ihre erste Serie *Macht und Liebe*. Seit dem war sie erfolgreich. Seit dem war sie Leiterin der Abteilung *Lebensart*. Clarissa Gräfin von Lerchenberg-Trauchburg, bis dahin ihre Chefin, verschwand in den Lerchenberg-Trauchburgischen Wäldern im Allgäu. Ellens Entdeckung: Essen und Trinken macht Prominente menschlicher, als sie es sonst sind. Es durften nur Prominente interviewt werden. Ellen dachte insgeheim an einer Serie herum, in der Menschen wie Margot Brunnhuber auftauchen könnten. Aber eine Margot würde eben nie erzählen, daß ihr Mann, der Krankenpfleger Brunnhuber, zwei Leidenschaften hat, die er hatte, bevor er Margot heiratete, gegen die Margot sich immer noch machtlos fühlt: sobald man außer Haus ist, wird wütend gewandert, ist man im Haus, wird – im Kellerschießstand – Pistole geschossen. Wenn Margot öffentlich erzählte, wie sie das erlebt, wäre sie geschieden. Das würde sie, sagt sie, nicht überleben.

Nach dem Gespräch mit dem Börsenmakler hatte Ellen Ernest im Hotel abgeholt, war mit ihm durchs Zürcher Niederdorf gebummelt, im *Frosch*-Kino am Predigerplatz wurde der Film *Hitlerjunge Salomon* gezeigt, Ernest wollte hinein. Ellen hätte sich so einen Film nie angesehen. Sie haßte Filme, deren Handlungen politisch bedingt waren. Da wird man doch nur erpreßt. Die Filmemacher haben ihre Ansichten schon, bevor sie ihre Filme anfangen. Diese Ansichten sind die allein möglichen. Zu ihnen soll man bekehrt werden. Aber dann war Ellen von diesem Film, obwohl sie sich gewehrt hatte, doch bekehrt worden. Diesen Film soll man, schlug sie der Konferenz vor, einhundertacht Zeilen lang rühmen, dann sei das

BUGSY-Problem gelöst. Daß dieser Film es verdiene, gerühmt zu werden, sei wohl die Meinung aller.

Es stellte sich heraus, daß alle von diesem Film gehört, daß ihn aber außer Ellen noch niemand gesehen hatte. Also Ellen, ab ins Stübchen, sagte der Prinz, um 18 Uhr 30 gehen Ihre einhundertundacht Zeilen in Satz. Die Bildermenschen besorgen das Material. Wolf Koltzsch baut's zusammen. Nicht wahr, lieber Wolf. Ich wünsche uns allen einen schönen Abend. So sprach der Prinz und verließ den Sitzungsraum als erster.

Das konnte der Prinz, eine Sitzung so leiten, daß das herauskam, was er wollte. Keiner hätte sagen können, der Prinz habe sich wieder einmal autoritär durchgesetzt. Man war durch sein Nichtnachgeben schlicht auf das einzig Richtige gekommen, auf die ideale Lösung. Für eine ideale Lösung gibt es immer nur einen, der für die Realisierung in Frage kommt. Für die einhundertacht Zeilen über diesen Film war das Ellen Kern-Krenn.

Als der Prinz, der die Konferenz immer als erster verließ, an Ellen vorbei ging, sagte er zu ihr: Nicht weinen, Ellen!

Es war klar, daß der Prinz nicht meinte, sie weine. Er hatte lediglich das Taschentuch in ihrer Hand mutwillig interpretiert. C'est du Prinz tout craché! Zu einem Mann, der das Taschentuch gegen seinen Heuschnupfen preßt, würde der Prinz das nicht sagen. Lange genug arbeitete sie hier. Jeder konnte wissen, daß Ende Mai immer ihre Pollenallergie ausbrach. Auf den Fensterbänken lag heute morgen der gelbe Blütenstaub fingerdick. Als sie das gesehen hatte, war sie von der Garage noch einmal ins Haus zurückgegangen und hatte der Teldane-Tablette noch Celestamine nachgeschoben. Pollenmengen wie seit Jahrzehnten nicht mehr, stand in der Zeitung. Was die Blüte angehe, ein *wildes* Jahr. Jeden Morgen rief sie in dieser Jahreszeit, bevor sie das Haus verließ, die Pollenflugvorhersage an. Ich heule nicht! hätte sie den grinsenden Kollegen zurufen sollen. Allergie!! Aber Journalisten, die statt Wissen Wörter haben, rufen dann zurück: Ja, ja, du somatisierst ganz schön. Ich brauche keine Krankheit, um mich auszudrücken, dachte Ellen. Und zum Heulen gab es keinen Grund. Frosch, dachte Ellen. Der Prinz wurde immer dicker, seine Arme und Beine kamen immer weniger in Betracht. Und da seine Augen immer schon das Hervortretendste an ihm gewesen waren, sah er jetzt wie ein Frosch aus. Und dann auch noch ewig diese grünen Anzüge. Der Anzug heute war fast gelbgrün. Dieser Anzug allein hätte genügt, ihre Allergie zu mobilisieren. Ab Frühherbst werden seine Anzüge dann toniger. Bis ins Krötengrüne. Das umgekehrte Märchen. Der Prinz wird zum Frosch. Vielleicht fiel ihr das nur ein, weil sie den Film, über den sie jetzt schreiben sollte, im *Frosch*-Kino gesehen hatte. Eines der Gerüchte, die über den Prinzen umlaufen, behauptet, Spitz sei nur der zweite Teil seines Namens. In Wirklichkeit heiße er Riederspitz. Vielleicht sogar von Riederspitz. Bayerischer Landadel. Auf jeden Fall sagt er jedem, der ihn, den promovierten Kunsthistoriker, als Dr. Spitz anspricht: Sie dürfen Prinz zu mir sagen. Freunde dürfen Prinz Bertram sagen zu ihm. Dem Prinzen konnte man nichts abschlagen. Ellen nicht. Am Anfang hatte sie geglaubt, sie müsse ihm demonstrieren, daß er als Mann auf sie nicht wirke. Das war die Reaktion auf seine besitzergreifende Art. Er tat, als wisse er ganz sicher, daß jede Frau zuerst einmal ihm gehöre. Ellen merkte, daß man ihn in diesem Glauben lassen mußte. Dann konnte man damit rechnen, daß er aus seinem Anspruch keine Praxis ableiten wollte. Erst wenn man sich entziehen wollte, griff er nach einem. Seit sie das erkannt hatte, kam sie mit ihm besser aus als mit jedem anderen Mann im DAS-Turm. Je mehr man ihn spüren ließ, daß man ihm, falls er denn wolle, wahrscheinlich nicht widerstehen können würde, desto sicherer war man vor ihm. Am schwersten hatte sie es mit dem Chefredakteur, der seine Unverschämtheiten in einer trägen, verwaschenen Mundart entwickelte, in der Wörter und Laute aus allen deutschen Dialekten vorkamen. Der Mutterboden konnte einmal hessisch gewesen sein. Als er, wie es eingeführt war, knapp hinter dem Prinzen an ihr vorbei aus dem Konferenz-Raum ging, blökte er herüber: Ond net fir die Onschderblischkeit schreiwe, Ellen, sonnern fir die nächschde Woch. Das war eine weitere Anspielung auf Ellens Schreibschwierigkeiten. Herr Steck litt vielleicht darunter, daß er Ellen, seit sie ihre Tischgesprächsserien ablieferte, nicht mehr als oberster Zeremonienmeister des DAS-Stils wöchentlich einmal hemmungslos züchtigen konnte.

Am schlimmsten für sie war es, wenn sie etwas sofort schreiben mußte. Ihr Kopf war dann ganz blutleer. Überhaupt leer. Und schwer. Zusammenpacken, heimfahren, das wär's. Dann konnte sie gleich für immer zu Hause bleiben. Der Prinz würde dafür sorgen, daß sie nirgends mehr unterkäme. Zumindest in München. Der Prinz hatte herumvolontiert in allen Blättern der Branche, bevor er von seinem Vater oder sonstwoher das Geld bekam, um seine Magazin-Vision auf dem überfüllten Zeitschriftenmarkt genau dahin zu plazieren, wo nur er zwischen SPIEGEL, *Stern* und TITANIC ein Freiräumchen witterte.

Hätte sie nicht den Mund aufgemacht, wäre sie jetzt schon fast zu Hause. Unvorstellbar, was passiert, wenn Ernest dort eintrifft, und sie ist noch nicht da. Und das alles wegen Erlkönig. Von ihrem Platz aus konnte sie Willi André König sehen. Der saß zwar immer auf dem Boden, aber da immer ganz aufrecht, den Kopf an die Wand gelehnt. Die Augen geschlossen. Es sei denn, er wurde angesprochen. Ellen bewunderte die Selbstinszenierungsfähigkeiten dieses Mannes. Er war auch schon eher fünfzig als vierzig. Aber dadurch, daß er auf dem Boden saß, war er der Jüngste überhaupt. Seine Haare waren schon weiß gewesen, als er im DAS-Turm auftauchte. Nicht grau, silberweiß. Aber er trug sie lang und führte sie im Nakken durch einen gebauschten schwarzen Ring. Und der Erlkönig war nie frisch rasiert. Er hielt seinen Bartwuchs immer auf dem Verruchtes signalisierenden Zweitagestand. Und er trug nie Hemden mit Krägen. Vielleicht ärgerte das den Prinzen auch. Der Prinz trug zu seinen vielfach grünen Anzügen immer sanft sich abhebende Krawatten. Da der Erlkönig nur Hemden mit verschieden hohen Bündchen trug, konnte von ihm keine Krawatte erwartet werden. Oder er trüge die Krawatte um den bloßen schlanken Hals. Das würde zu ihm passen. Direkt unter dem hart vorstehenden Adamsapfel. Seine Anzüge hingen immer verwegen an ihm. Zu groß, zu wilde Muster. Und wenn er einem im Gang begegnete, wich er übertrieben weit aus, preßte sich förmlich an die Wand und senkte ein wenig seinen eiförmigen Silberkopf. Und wenn er das Zweitagebartgesicht neigte, zog er die Lippen von den Zähnen. Und das hatte nichts mit Lächeln zu tun, es war die Entblößung von viel zu großen und auch etwas zu gelben Zähnen. Er rauchte ohne Pause. Wenn Ellen diesen Menschen sah, dachte sie an ein Guernicapferd. Aber mitleidlos. Wenn sie nur den Namen dieses Beleidigungsspezialisten hörte, fühlte sie sich mit Sylvio verbunden, als sei zwischen ihr und ihrem Mann noch nichts Trennendes passiert. Was immer Sylvio veröffentlichte, was auch immer die anderen Kritiker über ein weiteres Buch von Sylvio schrieben, der Erlkönig wies nach, daß Sylvio ein ermüdend umständlicher Plauderer sei. Nein, er wies es nicht nach, er gab es bekannt. Sein Stil war ein Bekanntgebungs-, also ein

26

Verkündigungsstil. Laut und hallend. Viel zu laut für Ellens Empfindung. Ein Stil, hatte einmal jemand gesagt, in dem es andauernd donnert, ohne daß es geblitzt hat. Er rechtfertigte seine Übertreibungstonart mit dem Schmerz, den die schlechten Bücher in ihm produzierten. Niemand hätte gewagt, von ihm zu verlangen, daß er, der unter dem Schlechten litt, auch noch beweise, warum das, worunter er so litt, so schlecht sei. Wäre es nicht schlecht, würde er doch nicht darunter leiden! Er litt allerdings – und das war nun wirklich seine Begabung – auf eine lustige Art. Es ging ja doch um nichts beziehungsweise nur um Literatur. Ellen war froh, daß sie dem Erlkönig, auch wenn er nicht Sylvio heruntermachte, noch nie hatte zustimmen können. Sie hatte Bücher, die der Erlkönig pries – er pries genau so laut, wie er vernichtete –, zu lesen versucht. Es war zum Glück jedesmal unmöglich gewesen, das heißt: uninteressant. Für sie. Sie würde das Bugsy-Buch ganz sicher nicht lesen. Ellen konnte zwar ihren Mann nicht für den Schriftsteller halten, für den er sich selber hielt; aber gar nicht zu bezweifeln war, daß Sylvio viel mehr der Schriftsteller war, für den er sich hielt, als der ermüdend umständliche Plauderer, zu dem der Erlkönig ihn ein für alle Male gestempelt hatte. Wenn der Erlkönig bei seinen zahllosen Auftritten für die gewohnheitsmäßige Schmähung der deutschen Gegenwartsliteratur ein Beispiel brauchte, fiel ihm immer zuerst Sylvio Kern ein, und er konnte diesen Namen gar nicht nennen ohne den Zusatz: Der

27

ermüdend umständliche Plauderer. Ob er nun rühmte oder vernichtete, er tat es immer nach Art der Werbung. Die Wiederholung von Simplem machte ihn erfolgreich. Wer ihm zuhörte, durfte denken, da er den Erlkönig verstehe, verstehe er auch etwas von Literatur.

Sylvi anrufen. Auf Sylvi war Verlaß. Es war fast erschütternd, wie sehr man sich auf Sylvi verlassen konnte. Was sie tat, tat sie mit viel zu viel Passion. Jetzt war es eben Sport. Surfen. Anfang des Monats hatte Ellen ihrer Tochter bei der Mistral-Regatta auf dem Tegernsee zugeschaut und hatte vor Aufregung nicht mehr atmen können, weil Sylvi sich vom Start an unter den ersten fünfen behauptet hatte und als Dritte durchs Ziel gegangen war. Plötzlich war ihr die Hingabe, mit der Sylvi diesen Sport betrieb, nicht mehr so grotesk und bedauernswert vorgekommen. Noch nie hatte sie Sylvi so schön gefunden, so stark, so richtig am Platze wie bei dieser Regatta, als sie über das kabbelige Wasser des Tegernsees geprescht war. Gedüst war, würde Sylvi sagen, dachte Ellen. Und daß man so ein unruhiges Wasser kabbelig nennt, hatte sie auch von ihrer Tochter gelernt. Auf Sylvis neuem Surfbrett, mit dem sie in dieser Saison nichts als siegen wollte, stand als Typenbezeichnung in riesigen Buchstaben ESCAPE. War es das? Konnte das gelingen? Das sagte sich Ellen vor, weil sie den Gedanken, daß ihre Neunzehnjährige das Windsurfen zum Beruf machen wollte, nicht ertrug. Oder erst ertrug, wenn sie sich wieder vorstellte, wie Sylvi über die Wellen preschte, wie schön sie kämpfte. Ach nein, auch dann ertrug sie es nicht, ihre Tochter, von der sie ja doch gerächt werden wollte, in einem so simplen Zirkus enden zu sehen. Sylvi, wenn alles gut ging, mit fünfunddreißig, nachdem sie alle Pokale und Medaillen erkämpft hatte, Surflehrerin! Oder Trainerin einer Nachwuchssylvi. Diese braungebrannte Resignation der altgewordenen Sportlerin im Gesicht.

Ruf jetzt an, befahl sich Ellen. Und weil sie immer tat, was sie sich befahl, konnte sie jetzt anrufen. Das Problem ist nicht Sylvi, sondern Alf, siebenundzwanzig und seit drei Jahren im angehaltenen Schaukelstuhl in der Halle. Alf durfte da nicht sitzen und zur Holzbalkendecke starren, wenn Ernest eintraf. Sie hatte Ernest immer alles, was sie mit Alf erlebten, erzählt, aber der wirkliche Alf im bewegungslosen Schaukelstuhl und der Alf in ihren Erzählungen waren eben doch zwei sehr verschiedene Menschen. Sie geriet, wenn sie von Alf erzählte, in eine schreckliche Begeisterung. Alf, ein Genie. Bloß, wie macht man ihm selbst begreiflich, daß er auf seine Genialität vertraut und etwas anfängt mit ihr. Zu Hause saß nichts als ein erstarrter Mensch, der sich nicht bewegte. Wenn er sich bewegte, fuhr er sich mit den Händen ins Gesicht, kratzte hartnäckig an Stellen im Gesicht, als sei dort etwas wegzukratzen. Er kratzte, bis diese Stellen bluteten. Wenn man ihm sagte, da sei doch nichts, weshalb er kratzen müsse, wies er auf das Blut hin. Ist das nichts, sagte er und hielt eine blutbefleckte Zeigefingerspitze in die Luft. Ernest war der einzige, mit dem sie über Alf sprechen konnte. Aber Ernest war, das spürte sie, durch ihre Erzählungen nicht vorbereitet auf den Alf, der zu Hause bewegungslos im bewegungslosen Schaukelstuhl in der Halle saß. Neben ihm das Tischchen mit der runden weißen Marmorplatte, darauf die sechs Hefte der Cello-Schule von Jakob Sakom. Wenn er beim Eintritt Ernests in einem der Hefte läse, wäre alles gut. Aber meistens las er eben nicht, sondern saß und starrte in die Balkendecke. Oder war er heute drüben in Bernried, bei dem von ihm gegründeten Seniorenorchester? Ellen warf es sich gleich vor, daß sie sich einen winzigen Moment lang in die Einbildung geflüchtet hatte, Alf sei heute bei seinen Seniorinnen und Senioren. Nur samstags fuhr er um den See herum nach Bernried zu seinen Alten. Und kam heim, glühend vor Stolz. Aber mitteilen wollte er nichts. Nur das Gesamtalter seines Kammerorchesters teilte er jede Woche mit. Letzten Samstag: 1379 Jahre. Seine Cellisten und Cellistinnen können das Cello, sagt er, nur noch im Damensitz spielen. Aber wie! Dann winkt er ab. Weil seine Eltern eine Zeit lang von öffentlichen Konzerten geredet hatten, weil Ellen eine Reportage über das Alten-Orchester hatte machen wollen, hatte Alf seine Mitteilungen, sobald er sich über das Orchester reden hörte, immer gleich wieder beendet. Er erinnerte sich wieder daran, daß er vor diesen Eltern sprach, die alles, was sie empfanden und taten, nur auf

Veröffentlichung hin empfanden und taten. Verächtlicher könne nichts sein, hatte er einmal gesagt. Ellen hätte sagen sollen, der Herr Sohn lebe immerhin davon, daß die Eltern sich ununterbrochen veröffentlichten. Aber sie wagte es nicht. Er hatte ja recht. Auch sie fand inzwischen, daß es verächtlich sei zu veröffentlichen. Und ihre Art zu veröffentlichen fand sie noch verächtlicher als die am Leben entlang schrammenden Romane ihres Mannes. Sie liebte inzwischen den Prinzen. Ja, sie liebte ihn. Wenn sie jemanden liebte, dann dieses kaputte Pflichtmonster. Jede Woche predigte der der Redaktion, dieser Versammlung gealterter Hamlets, seine DAS-Philosophie, und Ellen hörte in dieser Predigt nichts als den verzweifelten Willen, sich gegen das invariable Faktum zu schützen, das hieß: wir liefern Texte, damit wir die Reklameseiten so teuer als möglich verkaufen können. Der Prinz war der Meister, der dieses unausgesprochenste Faktum Woche für Woche, Jahr für Jahr in den Stand der Unausgesprochenheit verwies. Deshalb und dazu flog er jeden Freitag von irgendwo her. Wäre er nicht da, fühlte sich die Konferenz sofort als eine Versammlung von Textlieferanten im Werbedienst. Wahrscheinlich wußte Alf gar nicht, wie recht er hatte. Bloß, wieso verachtet er etwas Verächtliches? Etwas, was schon verächtlich ist, verachtet man doch nicht noch. Dachte Ellen. Oh Alf, dachte sie. Genügt es nicht, daß wir uns selbst verachten? Oh Sohn. Alf war eine Katastrophe. Das doch. Der Beitrag ihres Mannes zur Katastrophe dieses

Sohns bestand in einer regellosen Folge von Aufschrei, Illusionszüchtung und Flucht. Wenn er sich nicht etwas vormachte, hielt er den Zustand seines Sohns nicht aus. Auch half ihm der Alkohol. Ein Alkoholiker ist eine ungeheure Steigerung dessen, was ein Mann ohnehin schon ist.

Das Telephon läutete und läutete. Das war Ellen gewohnt. Wenn Sylvi auf dem Wasser war, würde niemand abnehmen. Alf sicher nicht. Und ihr Mann sollte, wenn er sich an die Verabredung hielt, um diese Zeit das Haus schon verlassen haben. Aber dann wurde doch noch abgenommen. Von Sylvi. Ellen wollte der Tochter ruhig erklären, warum sie nicht, wie geplant, zu Hause sein würde, um EME zu empfangen. Sie nannte Ernest zu Hause, wenn er erwähnt werden mußte, immer mit seinen Initialen. Sie merkte, daß sie nicht ruhig sprechen konnte. Um alle möglichen Peinlichkeiten oder gar Katastrophen zu verhindern, mußte sie aber Ruhe zeigen, Ruhe ausströmen, damit Sylvi zu Hause, was peinlich oder katastrophal werden wollte, am Peinlich- oder Katastrophalwerden hindern konnte. Alles wollte, sollte auf einmal gesagt, nichts durfte vergessen werden. Alf in sein Zimmer! Bis sie, die Mutter, kommt! Sylvi empfängt EME! Nur Sylvi! Der Mann ist doch aus dem Haus, nicht wahr?! Was, noch nicht! Das ist gegen jede Abmachung! Sylvi sorgt sofort dafür, daß er geht. Das ist das erste. Noch bevor Alf die Halle verläßt, muß Papa aus dem Haus! Ist das klar?! Und die Hunde in den Zwinger, klar?! Ja, ja, sie kommt schon, aber eben später, zwei Stunden später.

Sie erklärte Sylvi die politische Bedeutung der Arbeit, die ihr, weil sie den besten Vorschlag gemacht hatte, vom Verleger aufgehalst worden war. Um zu verhindern, daß das Magazin in den Verdacht des Antisemitismus kommt, verstehst du! Nichts verstand Sylvi besser, das wußte Ellen. Durch nichts ließ sich, was sie von Sylvi verlangte, nachhaltiger begründen als dadurch, daß ihre Mutter DAS vor dem scheußlichsten aller Verdächte, dem des Antisemitismus, bewahren mußte. Sylvi reagierte genau so, wie Ellen es erwartet hatte. Ellen hatte das Gefühl, sie habe ihre Tochter erpreßt. Also Sylvi! Dankedanke! Wenn es dich nicht gäbe!

Ja, jaa, sagte Sylvi, dafür kann ich mir was kaufen. Morgen, der Starnberger See-Marathon, die einzig große Regatta auf dem eigenen See! Wenn der Föhn nicht vorher zusammenbrach, vielleicht sogar noch zunahm, wollte sie sich für die Marathon-Trophy qualifizieren, warum denn nicht, bei Starkwind stiegen ihre Chancen, andere blies es bei sechs, sieben Beaufort weg, sie hob da erst richtig ab. Verstehst du, in diesem Augenblick warten draußen fünf oder sechs Windstärken auf mich, und ich plaudre Besucher über die Runden.

Ellen sagte: Ich komme so rasch als möglich. Vielleicht schaffe ich es ja schon früher. Mach's gut, Sylvi, meine Liebe!

Mach's doch du gut, sagte Sylvi und hängte auf.

Ellen hätte Sylvi am liebsten sofort geküßt. Das war ihre Tochter! Jedem Ausdrucksüberschwang gegenüber so mißtrauisch wie Ellen selbst. Ellen studierte Sylvi geradezu. Ellen kannte niemanden, der so direkt, so ungeschützt erlebte wie Sylvi. Aber in ihren Reaktionen führte sie, was auf sie gewirkt hatte, wie gebändigt vor. Sylvi reagierte zwar immer laut, aber immer schön knapp. Sylvi ließ sich nichts Unschönes durchgehen, nichts Rohes, Wüstes, Grobes, Böses. Sollte die Welt nichts liefern als Scheußlichkeit, Sylvi ließ, wenn sie darauf reagierte, nichts Scheußliches mehr sehen. Ihr fiel nichts leichter, ihr war nichts selbstverständlicher, als etwas Scheußliches seiner Scheußlichkeit zu berauben. Vielleicht ertrug sie nur Schönes. So wie Banken Geld waschen, wusch Sylvi Wirklichkeit. Ganz von selbst. Oder war es doch eine Leistung? Oder einfach Natur? Oder Schicksal? Ein Wort, das zu Sylvi nicht paßte. Zu mir schon, dachte Ellen. Jetzt fang endlich an, dachte sie. Du hast es versprochen. Sylvi versprochen!

Als sie Margots Computer eingeschaltet hatte, merkte sie, daß sie überhaupt nicht anfangen konnte. Die Frauenstimme an Ernests Apparat. Das war doch nicht seine Tochter. Die hatte zwar auch diese gedehnte Sprechweise, die durch eine Art Verhauchtheit einen edlen Jammerton produziert. Nein, das war nicht Cordelia. Das war ... Wer war das? Wer das war, wußte sie doch. Jetzt gesteh's dir schon ein, mein Gott. Das war

Annelie. Die Kupferhexe Annelie Franz. Ellen sagte sich, daß man, wenn man in Panik gerate, das, was die Panik nährt, erst richtig produziere. Du erschrickst, weil sich dort, statt Ernests Stimme, und sei's auf dem Anrufbeantworter, eine Frauenstimme meldet. Du gerätst in Panik und produzierst sofort die Möglichkeit, die dich, wenn sie real wäre, in die pure Panik stürzen müßte. Annelie Franz bei Ernest! Grotesk hoch drei, pflegte Ellen diesen Wirklichkeitsgrad zu nennen. Dann ist also die Wirklichkeit eine ausgeklügelte Folterveranstaltung. Dann passiert also genau das, was am meisten wehtut. Aber täte nicht jede andere Frauenstimme genauso weh? Eine ganz junge, quickfreche, schnöde Frauenstimme, wäre das nicht genauso unerträglich? Die so ein helles übermütiges Jaa hochjubelte? Annelie Franz –, die war zwar noch nicht fünfzig, aber vierzig war die auch. Vierzig vorbei war die doch. Vielleicht sogar schon fünfundvierzig. Ellen wird den Studienrat fragen. Wolf Koltzsch wird, weil er immer alles weiß, der Studienrat genannt. Mußte sie diese Gefühlsakrobatin zum zweiten Mal bestehen? Bestanden hatte sie sie ja gar nicht. Sie war geflohen. Zu EME. Sylvio, ihr Mann, hatte versucht, diese dürre Dame ins Haus zu bringen. Daß man zu dritt übernachte. Schon wie Sylvio diesen Namen ausgesprochen hatte. An-ne-lie! Mit wackelndem Kopf hatte er diesen Namen ausgesprochen. Er hatte Annelie gar nicht aussprechen können, ohne bei jeder Silbe mit dem Kopf zu wackeln. Ein bißchen jünger als Ellen sei sie. Dann waren's aber doch an die zehn Jahre. Ein Talent. Eine Entdeckung Sylvios. An ihn hatte sie sich gewendet, weil sie seine Bücher mehr schätze als alle anderen Bücher, die je geschrieben worden sind. So drastisch sentimental war die aufgetreten. Aber Sylvio hatte diesem sentimentalen Bewunderungsansturm nichts entgegenzusetzen gehabt. Aber ins Haus hatte Ellen dieses Talent nicht gelassen. Noch keine Zeile geschrieben, und schon ein Talent! Sylvio: Bewundern können ist auch ein Talent. Sylvio: Wer so bewundern kann, kann auch schreiben. Vielleicht hat er's ihr eingeredet. Vielleicht hätte sie gar nie angefangen. Inzwischen hat sie sogar Erfolg. Diese Annelie hat doch keinen Erfolg. Zum Erfolghaben gehört irgendeine Leistung. Die ist ein Erfolg. Ellen war der Sprache dankbar für diese Unterscheidungsmöglichkeit. Oder war das doch Ernests Tochter Cordelia gewesen, die Kinderpsychologin? Wirkt einfach der Annelie Franz-Schock nach? Aktiviert, weil die zur Zeit in jeder Talk-Show hockt! Da tritt sie immer auf wie die Königin der Nacht. Schwarz geschminkt, hager, trägt nur Anzüge aus schwarzer Seide, wenn auch keine Krawatten, und Haare, kupferrot und so viel und so dicht und so lang, als gehe bei ihr alle Lebenskraft zuerst einmal in die Haare. Darum ist dann der Rest so dürftig. Aber Sylvio hatte sie nicht dürftig, sondern für immer mädchenhaft gefunden. Dürr sei sie überhaupt nicht, wohl aber zart, sehr zart. Das war die reine Beleidigung für Ellen. Ellen war nicht zart. Sie war eher größer als

Sylvio. Sylvio war für immer ein Kind. Ein Knabe, der zwei Frauen auf einmal wollte, obwohl er schon einer manches schuldig blieb. Du hast Angst, sie könne dir EME wegnehmen, wie sie dir einmal Sylvio weggenommen hat. Nein, so: weil Sylvio sich nicht scheiden ließ, weil Sylvio eine Annelie Franz auf die Dauer doch nicht ertrug, weil Sylvio für diese populistische Kupferschickse dann doch nicht zu haben war, weil Sylvio zu fein ist, zu entwickelt, zu anspruchsvoll, zu ..., einfach zu fein, deshalb muß die sich jetzt rächen, muß Ellen den Mann wegnehmen, der jetzt ihr Mann ist. Die vollkommene Niedertracht kommt nur vor, wo eine Frau gegen eine Frau agiert. Wie könnten EME und Annelie zusammengekommen sein? Mein Gott, so dumm muß man fragen können! Durch dich natürlich! Du hast ihm ihr Bild gezeigt, hast ihn aufgefordert, mit dir zusammen über diese stereotype Maske zu lachen. Die stammt doch aus Dr. Caligaris Kabinett, hast du gesagt. Jetzt schon das zweite Buch, und immer noch mit diesem einen einzigen Foto. Die langen Haare hängen ihr herunter wie ein Schicksal. Aber die Ponies färbt sie strohgelb und trägt sie punkhaft schräg nach oben, soll wohl weltrauminsektenmäßig sein, auf jeden Fall grotesk hoch drei. Man soll glauben, von ihrer Stirn gehe andauernd ein Magnetsturm aus, ha-ha-ha! Ernest hatte mitgelacht. Fand, dieses Gesicht sei eine Zelebration der Leblosigkeit. Ellen ergänzte: Und die Zigarette im Mundwinkel, wie Kleinerna sich den Vamp vorstellt! Gott sei Dank hatte

Ernest mitgelacht. Ellen hatte das gewußt. Ernest ist ein Naturmensch! Noch keinen Tropfen Alkohol getrunken! Noch keine Zigarette geraucht! Wenn noch auf etwas Verlaß war, dann darauf, daß Ernest diesen Königin-der-Nacht-Verschnitt so grotesk hoch drei fand wie Ellen selbst. Und jetzt meldete sich deren Stimme an seinem Apparat?! Es muß Cordelia gewesen sein. Ruf doch einfach noch einmal an und sage: Cordelia, entschuldige bitte... Andererseits war Ernest im vergangenen Winter ohne Ellen nach Spanien geflogen. Die zwei Winter davor mit ihr. Und hat seit dem des öfteren zum Ausdruck gebracht, daß er noch nie mit einer Frau so lange verbunden gewesen sei wie mit Ellen. Damit wollte er wohl sagen, es dauere nun schon zu lange. Wollte er Ellen so andeuten, sie müsse sich auf einen Wechsel gefaßt machen? Direkt mitteilen konnte er das nicht. Dafür war ihre Beziehung zu seriös geworden. Sie hatten einander nicht nur am Anfang, sondern immer wieder gesagt, daß zwischen ihnen eine Beziehung entstanden sei wie für immer. Über das WIE hatten sie gelacht. Nur zur Pathosminderung hatten sie beide dieses WIE eingesetzt. Ernest hatte ihr eine Zeit lang täglich aus nächster Nähe ins Ohr, in beide Ohren gesagt, daß er eine solche Beziehung noch nicht gehabt habe. Schon gar nicht zu den zwei Frauen, mit denen er, aus inzwischen verschollenen Gründen, zeitweise verheiratet gewesen war. Vier Kinder und, von heute aus gesehen, kein Kontakt. Oder er traute sich nicht, Ellen die Wahrheit zu sagen, weil er noch darunter litt, daß die zweite Frau nach der Scheidung Selbstmord machen wollte und jetzt ihr Leben im Rollstuhl verbringen wird. Litt er? Erzählte er nicht auch das noch wie eine Leistung? Wenn er Ellen etwas Schönes sagen wollte, redete er ja auch nur von sich. Er habe durch Ellen mehr über sich erfahren als durch alle anderen Menschen seiner Biographie. Er fühle sich durch Ellen erschlossen. Reich sei er geworden durch Ellen. Wesensreich. Mit Ellen in einem blöden Straßencafé, und gleich erlebe er die bunten Damen am Nebentisch als Feuerzeuge des Schicksals, den farblosen Herrn mit der Zeitung als Selbstmörder auf Raten, das typische Pärchen als zwei Liebende in der Diaspora, ganz München als einen Ameisenbau glühendsten Glücks. Durch Ellen werde ihm, was er bisher für abstoßendes Gewusel gehalten habe, zum Ausdruck eines einzigen, alles durchströmenden Gefühls. Vorher ein Flaneur und Voyeur, ein im Genuß erstarrter Ersterklasse-Mensch, eine selbstherrliche Armseligkeit eben, durch Ellen gerettet, durch Ellen wieder erfahrungsfähig gemacht, erlebnisfähig wieder. Oder zum ersten Mal? Ja, zum ersten Mal. Er sei ja, bevor er Ellen gekannt habe, dialogunfähig gewesen. Nur sich habe er gehört. Immer nur sich. Sein einziges Ziel: die Welt dazuzubringen, daß sie ihn bestätige. Dazu mußte er die Welt zwingen. Durch Leistung natürlich. Die Welt war dazu da, von ihm beeindruckt zu sein. Alles ein Sport. Die Regeln bekannt. Fairness, das oberste Gebot. Die Bestätigung entspricht der Leistung. Aus diesem Zirkel hat Ellen ihn erlöst. Alles, was vorher stumm war, habe Ellen zum Klingen gebracht. Genau genommen sogar zum Singen. Ja, so hatte er sie mehr als einmal genannt: die Weltgesangslehrerin. Er, der große Sänger. Sie, die Lehrerin.

Es war unmöglich, auf diesen Monologisten nicht hereinzufallen. Sylvio ist doch auch ein Monologist. Und erst der Prinz! Vielleicht der raffinierteste Monologist von allen. Ach, jeder Mann ist ein Monologist! Ernest ist der hemmungsloseste Monologist von allen! Der, der am wenigsten ahnt, daß er einer ist. Ernest ist skrupellos. Das ist sozusagen sein Reiz. Ellens Erfahrung: je mehr einer Chef ist, desto mehr ist er Monologist. Einen Chef erkennt man daran, daß er glaubt, man interessiere sich für gar alles, was er sagt. Nur weil er es ist, der es sagt. Du sagst, ohne etwas zu denken: Wie geht's? Und er erzählt dir alles, was du nicht wissen willst. Vom letzten Schlechtwetterflug; von den Komplimenten, die der Masseur gestern seiner Haut gemacht hat; von dem unheimlich originellen Geschenk, das ihm zum Glück kurz vor dem Geburtstag seiner Sekretärin noch eingefallen ist; von den Schilddrüsenpaniken seiner Tochter, den Darmblutungen seiner Mutter, den Ergebenheitsbeweisen seines Fahrers. Ernest ist der exemplarische Chef.

Sie hatte ihm sofort widersprochen, als er gesagt hatte, so offen wie zu ihr sei er noch zu keiner Frau gewesen, überhaupt noch zu keinem Menschen, einfach noch nie. Sag's doch ein bißchen glaubhafter, hatte sie gesagt. Dochdochdoch, das sei eben ihre Wirkung, hatte er gesagt. Er rede nur soviel, weil er nicht aufhören könne, ihr ihre Wirkung auf ihn zu schildern. Er gebe zu, daß er sie dadurch auch mitreißen wolle. Da er schon nicht im Stande sei, sie zu begeistern, sie hinzureißen, wolle er eben dadurch, daß er sie ihre Wirkung auf ihn erleben lasse, sie von sich selber hinreißen lassen.

Obwohl sie Angst hatte und vorsichtig sein wollte, war sie dann doch hingerissen gewesen. Von ihm. Vielleicht doch von ihrer Wirkung auf ihn. Vorübergehend verlor sich das Mißtrauen, daß er das zu jeder Frau sage, damit sie ihm möglichst restlos entgegenkomme. Wenn sie allein war, ging sie alles, was er gesagt hatte, sorgfältig durch. Kann ein Mann etwas zum ersten Mal sagen? Eigentlich nicht. Das wußte sie doch. Erstens sagen alle immer das gleiche, zweitens wiederholt jeder andauernd seinen Text. Ernests Text ist der beste, den sie zu hören gekriegt hat. Bis jetzt. Nein, überhaupt. Einen besseren Text wollte sie nicht, brauchte sie nicht. Sie hatte ihre Arbeit. Ihre *Tischgespräche*. Da experimentierte sie andauernd mit ihrer Wirkung. Bei Männern und Frauen. Sie hatte Ernest bei einem solchen Gespräch kennengelernt. Er war einer der letzten gewesen in der Serie *Macht und Liebe*. Sie hatte bei dem Gespräch mit Ernest Müller-Ernst sofort einen Mangel verspürt. Sie war sich nicht gut genug gewesen. Sie war sich schwach und langsam vorgekommen. Sie hätte ganz schnell und kräftig wirken wollen auf diesen

Herrn von elf Fabriken in sieben Ländern. Sie wollte ihn durch dieses Gespräch zum Geständnis zwingen, daß er durch seine Lebensumstände zur Liebesunfähigkeit verurteilt sei. Elf Fabriken, hatte sie ausgerufen. In sieben Ländern, elf Fabriken! Und die Holding in Zug und Sie in Bogenhausen. Zwei Ehen hinter sich. Vielleicht gerade dabei, die dritte zu planen. Oder gar keine mehr. Nur noch der Triumph des Herrn en suite. Elf Fabriken, mein Gott! Immer wieder hatte sie das ausgerufen: Elf Fabriken! Sie war sich selber komisch vorgekommen, als sie sich das immer wieder ausrufen hörte: ELF Fabriken! In sieben Ländern! Sie konnte ihm nicht sagen, daß es seine Art, das L auszusprechen, war, was sie zwang, das Wort ELF so oft zu wiederholen. Jedesmal, wenn sie das Wort wiederholte, fragte er: Was haben Sie bloß immer mit den elf Fabriken? Ob ihr zwölf lieber wären oder zehn? Es seien nun mal elf. Er könne gar nichts dafür, daß es elf Fabriken seien. Sein Vater, ein Baumensch, sei 1945 mit dem Fahrrad von Ulm über Augsburg nach München gefahren, habe, als er die kaputten Städte gesehen habe, gedacht: Was jetzt gebraucht wird, sind Decken. Hauswände standen ja noch ein paar, aber die Decken waren allesamt eingestürzt. Also hat er die Müller-Ernst-Großraum-Decke erfunden, konstruiert und fabriziert, hat seine Deckenpatente in sieben Ländern verwertet, dazu und dadurch seien vierzehn Fabriken entstanden. Aber weil der Vater noch allzu sorglos auf Asbest und Formaldehyd vertraut habe, habe der Sohn drei Betriebe schließen müssen. Aber nach einigen Um- und Neukonstruktionen beschäftige er heute in elf Betrieben mehr Leute als sein Vater früher in vierzehn. Die Hälfte seiner Ehrendoktorate sei dieser Umorgelung des Ererbten zuzuschreiben. Also, bitte, warum regt sie sich so auf über die ELF?!

Sie hatte ihm erst viel später sagen können, daß sie seiner Zungenspitze so gern zuschaue, wenn er ELF sage. Die blieb dabei nicht hinter den Zähnen, sondern bäumte sich richtig auf zwischen den offenen Lippen und Zähnen. Und dabei drehte sie sich. Ja, bäumte sich UND drehte sich. Alle seine L's entfesselten seine Zunge, aber bei ELF war es am schönsten. Nein, am schönsten entfaltete sich seine L-Zunge, wenn er EL-LEN sagte. Aber das erlebte sie erst zwei Wochen später in Madrid. Sie hatte allerdings bei seiner ELF-Aussprache sofort gewünscht, er möge einmal ELLEN sagen. In Gedanken gewünscht natürlich. Endlich hatte sie etwas von ihrem Vornamen, der ihr öfter vorkam wie bloß draufgepappt auf sie. Sie war nicht eins mit ihm. Aber jetzt schon. Nach jenem ersten Gespräch hatte Ellen gedacht, Ernests Zunge sei eine Eidechse, die sie fangen wollte. Sie hatte sie dann bald gefangen. In Madrid. War das sein Ritual? Ein Wochenende in Madrid. Ritz und Prado. Alles inklusive. Aber auch wenn er das immer gemacht haben sollte, nun machte er es eben mit ihr, für sie. Für sie war es damals eine Art Lebensrettung gewesen. Sylvio, der nichts für sich behalten konnte, redete damals nur noch von der kupferhaarigen Annelie. Ellen, Annelie und er, das wäre die wirkliche, die endgültige Hochzeit! Ohne Ellen sei Annelie dimensionslos. Ohne Annelie sei Ellen fast ein bißchen harmlos.

Von Sylvio erfuhr man alles. Er redete bei weitem nicht soviel wie Ernest, aber er konnte nichts verschweigen. Ernest erzählte ununterbrochen von sich, aber Ellen glaubte, Ernest verfahre dabei immer noch taktisch. Selbst wenn es schien, als liefere er sich ganz aus, befürchtete sie, er wolle jetzt nur den Eindruck produzieren, er liefere sich ganz aus, um dadurch sie zu einer entsprechenden Auslieferung zu provozieren. Aber vielleicht war sie, warf sie sich dann vor, was Ernest betrifft, einfach unersättlich. Wenn mich nicht alles täuscht, werden wir zwei noch heiraten! Das war Ernest. Und das sagte er so, als bleibe auch bei skeptischster Einschätzung ihrer Beziehung nichts anderes übrig, als das zu tun, was zwei so Erfahrene eigentlich längst als eine Bedingung für Schein und Schwindel durchschaut hatten, also meiden mußten, nämlich eine weitere Ehe zu schließen. Und hatte ihr immer noch nicht gesagt, wie alt er war. Will sie zur restlosen Selbstauslieferung provozieren und weigert sich zu sagen, wie alt er ist! Und stellt das dar als einen Liebesbeweis. Ellen solle ihn erleben, wie er sei, nicht als die Inkarnation einer bürgerlichen Papierform. Und der tönte von Öffnung, Erschließung, Vertrautheit, von Restlosigkeit! Sie hatte ihm ihr Alter gesagt. Sofort. In der Stunde der Eröffnung ihrer Partie, beim *Tischge-*

spräch. Entweder oder, hatte sie gedacht. Auch da hatte sie ihn mitreißen wollen. Entwickeln wollen. Aus seinem Sportnaturalismus herausreißen. Aber er hat – leider überzeugend – den von den Medien praktizierten Umgang mit Altersangaben als eine Brandmarkung bezeichnet, die einem verpaßt wird unter dem Vorwand, sie diene der Information. Das sage der Herdenbesitzer auch, der sich sein Vieh mit glühenden Stempeln untertan mache. So hatte er es geschafft, daß hinter seinem Namen in Zeitungen und Zeitschriften die Klammern fehlten, zwischen denen andauernd mitgezählt wird, wie alt jemand gerade ist. Seinen Geburtstag am 1. April feiert er seit eh und je und immer noch nur mit seiner Mutter. Da sind beide für den Rest der Welt unerreichbar. Und seit sein Vater tot sei, behauptet er, sei seine Mutter der einzige Mensch außer ihm selbst, der wisse, wie alt er sei. Und seine Mutter, sechsundachtzig, sei gerade dabei, sein Alter zu vergessen.

Ellen hatte gefragt, ob er sich seinen Ärzten offenbare. Nein. Keinem. Wenn du einem Arzt gestehst, daß du fünfundfünfzig oder gar sechsundfünfzig bist, fühlt er sich total entlastet. Er muß dir nicht mehr helfen, sondern dir nur noch beibringen, daß du dich mit deinem Zustand abzufinden hast. Ernest hat mehr Umgang mit Ärzten als jeder andere Mensch, den Ellen kennt. Er ist nie krank, aber andauernd in Behandlung. Ellen hat die Zahl seiner Ärztekontakte drastisch reduziert. Von allen seinen Suaden war ihr keine so lästig wie die über seine Krankheiten, seine Ärzte. Sie hatte zuerst nicht verstanden, warum dieser Sportsmensch andauernd glaubte, gleich breche die tödliche Krankheit aus. Sie hatte Angst, diese geradezu irrsinnige Gesundheitsüberwachung werde eines Tages aus einem Symptömchen ein Verhängnis produzieren. Einfach durch die ständige Steigerung der Untersuchungsgenauigkeit. Da mußte ja irgendwann irgendetwas ans Licht kommen. Das würde dann durch Betrachtung und Behandlung wachsen, die Ärzte bestätigen, und Ernest auch. Sie machte ihm klar, daß er gefährdet sei nur durch seine Prominenz. So einen Mann allmählich zum Patienten zu machen – welcher Arzt möchte das nicht! Aus reiner Sorge! Es war ihr gelungen, Ernest von einigen Ärzten zu befreien. Neuerdings hatte er wieder Arzttermine. Von denen erzählte er ihr allerdings immer erst, wenn er sie hinter sich hatte. Erschreckende Termine. In Puerto de la Cruz. Vorort La Paz. Ein Doktor, dessen Namen Ernest ihr nicht nannte, auch nicht, als sie dringend darum bat. Mehr als ein Doktor, ein Guru. Einmal im Monat flog Ernest seit Weihnachten nach Puerto de la Cruz auf Teneriffa, ließ sich in drei Tagen sechs Spritzen geben, die der Doktor selber mischte. Dazu: Interferenzströme auf Ernests Hüften. Es ging um die Hüften. Ernest glaubte aus dem Schicksal von Tanten und Onkeln und Großtanten und Großonkeln schließen zu müssen, daß er schon bald eines seiner zwei Hüftgelenke durch ein künstliches Gelenk zu ersetzen habe. Schon sei jeder

Tennishallenboden zu hart, sogar Spiele auf den weichsten Kunststoffrasenplätzen seien jetzt schon eine Hüftgelenksmarter. Und so weiter. Jedes kleine Schmerzsignal wuchs bei Ernest zum seriösen Leiden, das er grell herumtrug, bis er einen Arzt fand, der dieses Leiden in Pflege nahm. Aber wer hatte ihn nach Puerto entführt? Wer flog mit ihm dorthin? Sie dürfe nicht mit, hatte er gesagt, weil sie mit ihrem spitzen Skeptizismus jede Heilchance vernichte. Sein Doktor sei vor Gorbatschow der Leibarzt der Kremlgrößen gewesen. Da es jetzt keine Ostgrößen mehr gebe, behandle er Westgrößen. Henry Kissinger, Edward Heath, Liz Taylor, eine Enkelin Mussolinis, Michael Jackson, die Agnellis, die Windsors, den Papst. Jude, sagte Ernest. Wie das klang. Schauder und Bewunderung. Der Doktor mache es zur Heilbedingung, daß man, was bei den Besuchen vor sich gehe, nicht nachträglich zerrede. Vor allem das Mantra, das er für jeden Patienten auswähle, müsse vollkommenes Geheimnis zwischen Doktor und Patient bleiben. Ellen war fast sicher, daß Ernest durch eine Frau nach Puerto entführt wurde. Wer reist, lügt auch. So zu lesen in Sylvios neuem Buch. Und sie, immer noch gutgläubig! Teneriffa, eine Insel, das ganze Jahr Badetemperaturen! Ernest hat ihr schon beim *Tischgespräch* seine Wasserleidenschaft gestanden. Jede erste körperliche Begegnung mit einer Frau habe bei ihm bis jetzt im Wasser stattgefunden. Am Anfang ist bei ihm immer das Wasser. Sie hatte ihm gleich gesagt, daß sie das im Magazin nicht bringen werde. Er hatte gesagt, von ihm aus gern. Das ist Reklame, hatte sie gesagt. Reklame wofür, hatte er gefragt. Für Pool-Firmen. Jetzt also in Teneriffa. In menschenleeren Buchten. Von Vulkangestein gesäumt wie von Skulpturen eines Heidenkults. Annelie Franz? Wieso hatte sie das nicht sofort durchschaut? So blind darf man nicht sein! Wo man einen Schuß Esoterik brauchte, trat die doch unverblümt als Hexe auf. In diesen Talk Shows. Zauberte. Und nannte es auch so. Von ein paar Tricks, die sie bei einem katalanischen Meister gelernt haben will, bis zum absoluten Magiegemurmel mit virtuos entgleisender Zunge lieferte sie Fernseh-Esoterik à la carte. Und das auch noch mit feministischem Touch! Die hat dir Ernest gestohlen. Seit Neujahr trägt er den gelben Cashmere-Pullover nicht mehr, den Ellen ihm zum Geburtstag geschenkt hat. Trägt den Burberry-Schal mit den kleinen schwarzen und hellgrauen Quadraten und den mehr ahn- als sichtbaren roten Linien nicht mehr. Trägt das düster schöne Hemd nicht mehr, das sie ihm in Madrid gekauft hat! In blauen und goldgrünen Streifen floß und schlingerte die Seide bei jeder Bewegung, als werde ein Sonnenuntergang auf dem Atlantik dargestellt. Trägt die Krawatte nicht mehr! Wo im hellsten Rot Partikel jeder Art und Farbe in strengster Raserei schräg hinaufgejagt werden, von links unten nach rechts oben. Auch aus Madrid. Mein Gott. Mein Gott...

Hinunter, in die Tiefgarage, ins Auto, und heim, die

Haustüre aufreißen, mit drei Schritten durch die Vorhalle, die Schwingtüre aufstoßen, gleichzeitig brüllen: Annelie Franz, gib's zu! Egal, ob Sylvi anwesend wäre oder nicht. Sogar ihr Mann dürfte Zeuge dieser Szene werden. Ja, am liebsten alle. Und bevor Ernest auch nur antworten könnte, würde sie, die jetzt schon tief im Raum stünde, ihm mit der ausgestreckten Hand zeigen, in welche Richtung er zu verschwinden habe. Für immer. Und wußte doch, daß sie diese Szene nicht schaffen würde. Es mußte wirklich nicht Annelies Stimme gewesen sein. Zu diesem Guru konnte er auch durch eine andere gekommen sein. Plötzlich wimmelte es doch von Hexen. Jede zweite, die das Abitur nicht schaffte, dampfte als Hexe herum. Ellen wird den Prinzen fragen, ob er auch nach Teneriffa fliege. Über sein Gesundheitsschicksal wußte man nichts. Außer, daß er nie fehlte. Ellen hatte in siebzehn Jahren keine Konferenz erlebt, bei der der Prinz gefehlt hätte. Er flog mit seiner sechssitzigen Cessna von überall her, um die Freitagskonferenz zu leiten. Ob er Ärzte brauchte? Oder nur Whisky? Wen sonst konnte sie nach diesem Puerto-Guru fragen? Hinfliegen? Der stand nicht im Telephonbuch. Zu dem konnte man nur kommen, wenn man zu den Ganzreichen gehörte. Es blieb nur der Prinz. Das Gerücht erzählte doch, daß er schon in tibetanischen Klöstern gewesen sei, um vom Whisky loszukommen. Wenn da einer auf Teneriffa zur Zeit der Guru der Ganzreichen ist, dann weiß das der Prinz, dann holt er sich bei dem das Mantra gegen den

Whisky. Er will doch seinen Pilotenschein wieder. Das soll, heißt es, die schlimmste Niederlage seines Lebens gewesen sein. Die erträgt er, heißt es, nicht für immer. Als er mit seiner Cessna die Fronleichnamsprozession in Altötting mit tollkühnen Sturzflügen angriff, wurde er verwarnt. Als er dann aber in Riehm an der Startbahn verharrte und dem Tower mitteilte, er fordere den bayerischen Ministerpräsidenten Franz Josef Strauß zum Luftkampf auf, da griff die Flughafenpolizei zu, des Prinzen Blut enthielt 2,4 Promille, der Pilotenschein war weg. Eine Zeitlang hatte er kein Flugzeug mehr sehen können. Jetzt ließ er sich fliegen. Nach Teneriffa, zum Beispiel. Unter den Ganzreichen spricht sich nichts so schnell herum wie der Name des besten Hotels, des besten Schneiders, des besten Chirurgen und des neuesten Gurus. Nächste Woche würde sie den Prinzen fragen. Und dann . . . ? Ernest liebte es nicht, wenn man etwas herausbrachte, was er einem nicht sagen wollte. Er hatte eine fast hysterische Angst, daß er beobachtet werde. In ihrem *Tischgespräch* hatte er gesagt, er verachte alles Politische so lange, als die Gesetzgeber das Schnüffelwesen der Privatdetektive nicht aus der Welt schafften. Eine Anti-Schnüffel-Lobby gebe es nicht, da von der Schnüffelei ja hauptsächlich die Wohlhabenden betroffen seien, und die seien in dieser Gesellschaft Freiwild. Wenn Ellen ihm den Namen seines Puerto-Gurus sagen würde, würde Ernest verstummen. Das war seine schlimmste Waffe, sein Verstummen. Das macht erst den Chef aus. Sein Monologisieren ist allenfalls lästig, sein Verstummen aber fürchterlich. Nicht auszuhalten. Wenn Ernest verstummte, wurde er bedrohlich. Wie er das machte, woher das kam –, rätselhaft. Sein Verstummen ist eine einzigartige Mischung aus Wehmut und Brutalität. Und es strahlt nichts aus als diese Wehmut und Brutalität. Oh Ernest, du. Sie war doch wirklich der glücklichste und unglücklichste Mensch, den es gibt. Eine Gänsehaut lief ihr den Rücken hinab. Bis dahin, wo der Slip begann. Sich fassend, dachte sie: Jeder Mensch ist der glücklichste und der unglücklichste, den es gibt.

Es klopfte, eintrat der Studienrat.

Ex officio komme er, aber con amore. Zu diesem Spruch verbeugte er sich, so gut es ging.

Wenn sie hier Namen zu vergeben gehabt hätte, hieße der Alberich oder Mime. Daß das zwergenhaft Boshafte herausgekommen wäre. Studienrat, dieses durchaus harmlose Wort erhielt in Verbindung mit diesem heuchlerischen Finsterling eine geradezu dämonische Ladung. Ellen kritisierte jeden, der Wolf Koltzsch in ihrer Gegenwart Studienrat nannte. Ellens Vater war Oberstudienrat gewesen. Französisch und Latein. Ihr geliebtes Französisch hatte sie von ihm. Er hatte sich frühzeitig pensionieren lassen müssen. Zu wenig Humor, hatte er gesagt. Ihm sei der Humor vergangen. Und war gleich gestorben. Il faisait ses adieux. Die Mutter hatte die Todesursache Seeleninfarkt genannt. Koltzsch sollte man nicht Studienrat nennen, sondern

Tartuffe. Aber darin käme das Körperliche zu wenig vor. Die kurzen Beine, der lange Oberkörper, der riesige Kopf, der schleichende Gang, die lauernde Haltung. Und dazu noch dieser komische Bart, der auf dem sonst spiegelglatt rasierten Gesicht wie umgehängt wirkte. An den Ohren aufgehängt –, so sah dieser Bart aus. Eigentlich wartete man andauernd darauf, daß Koltzsch diesen Bart lachend abnehme und in den nächsten Papierkorb werfe. Man wartete vergeblich. Und wie der dieses Gesicht, das er meistens leicht nach vorne gesenkt trug, plötzlich heraufschraubte. Er hob es nicht einfach, sondern beschrieb eine Kurve, als müsse er, um aus seiner Lauer aufzutauchen, Schwung nehmen. Der Blick, dem man dann ausgesetzt war, konnte nur heißen: So demütig, wie ich Sie jetzt anschaue, kann man nicht sein, also ist mein Blick verlogen, merken Sie sich das! Wolf Koltzschs Frau wurde seit Jahren chemotherapeutisch gegen Krebs behandelt. Von Willi André König, der als einziger privaten Umgang mit Koltzsch hat, stammt der Satz, Frau Koltzsch sehe inzwischen aus wie von Käthe Kollwitz plus Chirico. Vielleicht war Wolf Koltzsch der Brävste überhaupt, und alles, was Ellen an ihm fürchtete und verabscheute, war nichts als eine Folge der Zerstörungen, denen er durch die Krankheit seiner Frau ausgesetzt war. Ellen mußte sich das sagen, obwohl sie lieber gesagt hätte, daß dieser Typ auch noch die Krankheit seiner Frau dazu nutzte, seine abstoßende Unheimlichkeit ins Grauenhafte zu steigern. Und weil sich die

Mutmaßungen um so wilder entfalten, je weniger man weiß, behauptete Margot Brunnhuber, Koltzschs Frau stamme aus einer Brauereifamilie und werde, falls sie nicht vorher sterbe, von einem Onkel ein Schloß erben, überragend gelegen zwischen Lechbruck und Füssen. Sterbe sie nach dem Onkel, werde Wolf Koltzsch der Schloßherr sein.

Ellen wußte inzwischen aus einiger Erfahrung, daß immer alles stimmt, was über jemanden erzählt wird. Also wird auch Wolf Koltzsch so brav sein, wie er schlimm ist. Koltzsch war keine Ausnahme. Alle waren so brav wie schlimm. Sie selber doch auch. Hoffentlich. Das Leben ist eben kein Western, lieber Sylvio. Jeder ist genau so gemein, wie er edel ist. Je edler, um so gemeiner. Je gemeiner, um so edler. Typ Prinz. Typ Ernest. Typ Sylvio. Typ Ellen.

Er wolle fragen, wann er mit dem Manuskript rechnen könne. Ellen sagte, sie habe bis jetzt nachgedacht. Die versprochene Rühmung des *Hitlerjungen Salomon* falle ihr doch nicht so leicht, wie sie, als sie ihren Vorschlag machte, geglaubt hatte. Wolf Koltzsch lächelte. Er hat alles, was bis jetzt über den Film ins Archiv gekommen ist, herausgesucht und mitgebracht. Auch Bilder. Einfach zur Anregung. Und wenn Ellen Wertungsprobleme habe, könnte es da nicht empfehlenswert sein, einfach einen Bericht zu verfassen? Das reine Nacheinander. Was hat sie gewußt, bevor sie den Film sah, wie also war sie gestimmt; wie hat der Film auf ihre Stimmung gewirkt; kontinuierlich, immer in einem Sinn, oder gab es ein Hin und Her; und wie war die Stimmung, als sie aus dem Kino hinaustrat, in die deutsche Gegenwart; und hatte sie jemanden, mit dem sie die Wirkung diskutieren konnte; gab es da mehr als eine Meinung, wenn ja, welcher Art?

Was Wolf Koltzsch sagte, sagte er fast unterwürfig bescheiden, überhaupt nichts entscheiden wollend. Parodiert der seinen Herrn, Prinz Bertram? Er war ja dessen Geschöpf. Er ist der einzige unter uns, der Deutsch kann, sagt der Prinz auf jeder zweiten Konferenz. Wolf Koltzsch war nie im Schuldienst gewesen, der Prinz hatte ihn beim Zoll kennengelernt, als er mit seinem englischen Daimler vom geweihgeschmückten Jagdhaus im Salzkammergut zurückgekommen war. Auftreten und Ausdrucksweise dieses Zollbeamten seien dem, was der da zu tun gehabt hatte, in einem schon grotesken Ausmaß überlegen gewesen. Der Prinz hatte das in der Sitzung, in der er Koltzsch vorstellte, so formuliert: Das war, wie wenn du Picasso zum Kartoffelschälen anstelltest. Wäre doch auch schade?!

Der Prinz hatte wieder eine seiner sagenumwobenen Entdeckungen gemacht. Aufgefallen sei ihm Herr Koltzsch dadurch, daß der ihn wegen eines falschen Konjunktivs korrigiert habe. Um den Beamten, als der seinen geöffneten Kofferraum inspizierte, ein bißchen zur Eile zu mahnen, habe er, der Prinz, gesagt: Sieht aus, als ob es gleich wieder regnet. Darauf der Beamte, sanft, aber doch wie gequält: Regne! Auf dem Schluß-e ein leiser Nachdruck. So wurde aus einem wirklichen Zöllner ein symbolischer Studienrat. Prinz Bertrams treuester Paladin. Der unerbittliche Sprachwächter. Der Prinz hatte tatsächlich einen Mann entdeckt, der aus eigenem Antrieb jahrelang Tausende von Büchern gelesen hatte, nur um Fehler zu finden. Fehler zu finden, war seine Leidenschaft. Er hatte in Tausenden von Briefen an Redaktionen und Verlage seine Fehlerfunde mitgeteilt. Vom fehlenden Komma bis zum falschen Konjunktiv. So wie andere gefährlich im Gebirge herumklettern, um glitzernde Minerale aus steilen Wänden und schwierigen Höhlen zu klopfen, las der sich durch die Nächte, nur um Fehler zu finden. Der Prinz hatte ihn gebeten, sich den DAS-Mitarbeitern selbst vorzustellen. Die Kurzfassung, die Wolf Koltzsch von seiner Biographie gab, begleitete der Prinz mit dem versteinerten Lächelausdruck, der bei ihm den höchsten Grad der Zustimmung signalisiert. Geboren in Greiz an der Weißen Elster. Vor dem Abitur von der Schule geflogen, weil er trotz mehrfacher Ermahnung den von ihm gegründeten Lesekreis *Weiße Elster* nicht auflösen wollte. Vorwurf: Lektüre zur Planung staatsfeindlicher Provokation. Tatsächlich habe er die Regierung der DDR stürzen wollen, weil jeder der Regierenden falsche Konjunktive gebrauchte, sagte Herr Koltzsch. Dann zwei Jahre Netzschkau, Bautrupp Göltzschtalbrücke, ein Prachtviadukt, ein Gedicht in Backstein, vierundachtzig Meter hoch, in vier Etagen, fünfhundertneunundsiebzig Meter lang, größte Eisenbahnbacksteinbrücke Europas. Um wieder aufzuholen, Eintritt in die SED. Wehrdienst. Meldung zum Grenzschutz. Zwei Jahre Grenzdienst. Flucht über die Werra im Winter. Eintritt in den bayerischen Zolldienst. Verglichen mit den DDR-Beamten seien die bayerischen Zöllner die reinen Hobby-Angler. Abendabitur. Fortsetzung der Lektüre im Westen. Allmählich kommt er zur Einsicht, die Zerfallsgeschwindigkeit einer Gesellschaft sei an ihrem Sprachschluder ablesbar. Er schloß mit dem Satz: Ich habe die Leidenschaft, Fehler auszumerzen, keine Sekunde lang für ein Hobby gehalten. Dann war es einen Augenblick still gewesen. Der Prinz schaute seine Mitarbeiter an. Na, Leute, wie wär's mit ein bißchen Beifall. So etwa schaute er im Kreis herum. Als es still blieb, fügte Herr Koltzsch noch hinzu: Ich gebe aber zu, daß mich das Richtige nicht interessiert. Nur das Falsche fesselt mich. Nur das Falsche ist wirklich interessant.

Jetzt kam der Beifall. Herr Koltzsch winkte bescheiden ab. Als es still geworden war, sagte er, er wolle positiv schließen. Hier in einer Runde von Sprachmenschen wolle er sozusagen als Einstandsgabe eine Erfahrung mitteilen, jedem hier zum Nutzen: Wenn ein Satz ins schwer Entscheidbare gerät, wenn man in Schwung und Schauder des Schreibens wirklich nicht mehr weiß, ob das, was einem da sprachlich gerade passiert, noch richtig ist oder schon falsch, dann gibt es eine vollkommen verläßliche Prüfungsmöglichkeit: man übersetzt den Satz ins Lateinische, und sofort sieht man, was richtig ist und was falsch.

Ein paar hatten zu lachen versucht, waren aber vom begeisterten Applausklatschen des Prinzen sofort zum Schweigen gebracht worden. Dann hatten alle geklatscht. Seitdem hieß Wolf Koltzsch der Studienrat.

Ellen konnte den Bericht, den Koltzsch vorschlug, nicht liefern, weil sie den Film zusammen mit Ernest angeschaut hatte.

Koltzsch hatte ihr gegenüber Platz genommen und sah sie jetzt wieder von schräg unten herauf an. Irgendwann kurvte das Gesicht dann nach oben. Jetzt schaute das Gesicht fast an ihr vorbei, nur die Augen schauten noch her. Wieder ein Ruck: das Gesicht schaute her, die Augen schauten vorbei. Daß er Gesicht und Augen gleichermaßen auf sein Gegenüber richtete, kam offenbar nicht vor.

Also, sagte er.

Charge, dachte Ellen. Giftzwerg! Andererseits merkte sie, daß sie gerührt war. Sein Berichtsvorschlag kam aus wirklichem Hilfswillen. Das spürte sie. Wenn einem hier einer Hilfe anbot, dann nur, um sich aufzuspielen, um einen kleinzumachen. Ellen nahm den Giftzwerg zurück. Lieber Zwerg, dachte sie.

Weil sie nur nickte und nickte, aber nichts sagte, sagte er: Wenn Sie den Film mit jemandem angesehen haben, den Sie nicht nennen dürfen, ziehe ich meinen Vorschlag zurück. Jede Schreibart, außer der des Berichts, erträgt die Lüge, manche Schreibart kommt ohne Lüge überhaupt nicht in Schwung, aber ein auf eine Lüge gegründeter Bericht ist wie ein Apfel, in dem der Wurm schon drin ist. Wollen Sie einen Apfel? Und präsentierte ihr zwei gleich makellose Äpfel, sie sollte wohl wählen, fühlte sich aber dazu nicht im Stande.

Entschuldigen Sie, bitte, daß ich überhaupt noch mit solchen Erörterungen auftauche, Sie haben sicher das Konzept längst im Kopf und brennen darauf, den Artikel jetzt in die Maschine zu hämmern. Wenn Sie wollen, diktieren Sie, ich schreibe ihn gleich in den Computer. Dann sind wir beide in einer halben Stunde erlöst und können heim zu unseren Lieben.

Bei dem wußte man überhaupt nicht, ob er betulich war oder höhnisch. Wiederum dachte Ellen, daß er sicher beides war. Sein Gesicht hatte er wieder heruntergefahren. Sah herauf, als habe er Angst vor Ellen. Angst plus Lauern prägte sein Gesicht. Die Kinnlade hing immer, als sei der Bart zu schwer, ein bißchen weg. Dieser halb offene Mund, andauernd, das war das Gemeinste. Was heißt das denn, wenn dich einer andauernd so halbschräg mit klaffendem Maul anglotzt? Da sie keinen Apfel genommen hatte, hatte er beide Äpfel wieder in die Tragtasche zurückgetan. Ellen sagte, diktieren könne sie nicht. Die Berichtform halte sie für unangebracht. Wahrscheinlich sollte sie einfach die Stimmung schildern, mit der sie nach dem Film auf die Straße getreten war. In Zürich. Unter lauter Unschuldige also. Im *Froschkino* seien außer ihr sechs Zuschauer gewesen. Sie habe während des Films öfter daran gedacht, wie viel einfacher es für die Schweizer sei, diesen Film anzuschauen.

In der ganzen Welt kann sich diesen Film jeder anschauen und damit seine Verachtung der Deutschen füttern, sagte Koltzsch. Nur die Deutschen müssen genauer umgehen mit so einem Film, gefühlsgenauer. Er als DDR-Kind sei gründlichst antifaschistisch gebildet. In der ganzen DAS-Redaktion seien außer ihm und Willi André König, der aus Reichenbach im Vogtland stamme, alle sehr unsichere Antifaschisten. Das sind doch alles nur Philosemiten. Und Philosemiten sind, ich glaube, nach Kraus, Antisemiten, die noch nicht wissen, daß sie welche sind. Doch toll, wie Willi heute die ganze DAS-Mannschaft geleimt hat. Großmutter mütterlicherseits Hilde Wasserfall, und schon bleibt der Artikel. Er, Koltzsch, sei mit Willi befreundet, kenne dessen Verwandte im Vogtland, keine Wasserfalls weit und breit. Das freue ihn immer noch, wenn er'n Ex-DDRler hier einen über 'n Tisch ziehen sehe. Und weil Willi kein Antisemit sei, traue er sich, die jüdische Prominenz der US-Gangsterwelt hervorzuheben. Und weil der Prinz ein Antisemit sei, habe er Angst, als solcher erkannt zu werden. Haben Sie ihn einmal Judenwitze erzählen hören? Und seine Judenwitze haben meistens mit Geschlechtsteilen zu tun. Hat er Ihnen nie einen erzählt?

Ellen verneinte.

Dann gehören Sie nicht zum engeren Kreis, Ellen. Ich hatte Sie zum engeren Kreis gerechnet.

Ellen gab zu, noch nie von einem engeren Kreis gehört zu haben.

Die Bezeichnung habe er, Koltzsch, jetzt gerade erfunden beziehungsweise gefunden. Er könne nach jahrelanger aufmerksamer Beobachtung genau sagen, wie jeder DAS-Mitarbeiter zum Zentrum, also zum Prinzen, stehe. Sie, Ellen Krenn, sei die einzige, die in seiner DAS-Topographie noch fehle. Auch deshalb sei er froh über Ellen Krenns Vorschlag, der ihm endlich eine nähere Zusammenarbeit und damit auch eine Bekanntschaft ermögliche.

Ellen hatte das Gefühl, sie sollte widersprechen. Irgend etwas lief in der falschen Richtung. Aber sie wußte nicht, was.

Er gebe zu, sagte Koltzsch, daß seine DAS-Topographie ein Produkt seines Außenseiterblicks sei. Er sei, verglichen mit anderen DAS-Mitarbeitern, eine ganz kleine Nummer. Oder, um es mit Sylvio Kern zu sagen: ein Schwächling. Er könne sich mit der Sylvio Kern-Figur ganz identifizieren: vom Schwächling zum Rohling zum Feigling. Sein Glück sei aber, daß er sich im Einvernehmen befinde mit dem Konjunktiv. Und da der Unterschied zwischen Konjunktiv und Indikativ das schlechthin entscheidende Sprachkriterium sei, habe er trotz seiner unbehebbaren Schwächlingshaftigkeit doch eine Art Position. Natürlich verdanke er sie dem Sprachgewissen des Prinzen. Den habe er mit dem Hinweis auf Antisemitismus-Anfälligkeit nicht denunzieren wollen. Aber wie es abends in der Bogenhausener Villa des Prinzen zugehe, wisse Ellen ja besser als er.

Nein, sagte Ellen, sie wisse nichts.

Das kam Wolf Koltzsch fast unheimlich vor. Selbst Fahrer von der Expedition imitierten doch in regelrechten Show-Nummern die Antisemitismus-Suada des Prinzen. Immer wieder gebrauche der Prinz ganz zwanghaft ein Wort, eine von ihm, Wolf Koltzsch, nicht in den Mund zu nehmende Bezeichnung für männliche Geschlechtsorgane, speziell jüdische. Der Prinz verfalle also vor allem einem sexuell bezogenen Antisemitismus. Und mitten im Eifer und Geifer solcher Anfälle brülle er dann, man müsse ihm sofort *Mein Kampf* oder sonst was aus der schlimmsten Naziliteratur bringen. Die jeweilige Gefährtin des noch nie Verheirateten renne schon, wisse offenbar genau, wo diese Sorte Bücher bei ihm zu holen sei, er greife nach dem Buch, lese laut die unsäglichsten, wahrscheinlich längst angestrichenen Stellen vor, lese, brülle diese Sätze, bis er vor Gelächter, glücklichem Gelächter nämlich, nicht mehr weiterlesen könne. Das Buch werfe er weit weg und sage, einigermaßen ruhig und fast wieder besonnen wirkend, er brauche einfach diesen scheußlichen Quatsch, erstens um zu sehen, daß er selber doch überhaupt kein Antisemit sei, zweitens um sich resistent zu machen gegen eventuelle Anfälle von Antisemitismus, der ja doch ein deutsches Erbübel zu sein scheine.

Entschuldigen Sie, bitte, Ellen, daß ich mich in uner-

betenen Mitteilungen verliere. Ganz unwillkommen
dürfte das Mitgeteilte für Ellen aber doch nicht sein.
Wissen ist Macht, sagte Koltzsch. Auch wenn man
noch nicht weiß, wozu. Schwächlingsperspektive!
Nichts kann der Leiterin der erfolgreichen Abteilung
Lebensart fremder sein als diese Perspektive. Einer-
seits. Andererseits sei Ellen Krenn Sylvio Kerns Frau.
Der erste Band der Trilogie, die übrigens, was Konjunktive und ähnliches angehe, zum Drittel der Bücher
gehöre, in denen auf zehn Seiten nur ein Fehler vor-
komme, die also zum Besten vom Besten gehöre, der
erste Band, SCHWÄCHLING, erzähle ja genau dieses
Phänomen der ethischen Entkräftung. Was Sylvio
Kern schreibe, könne er, Wolf Koltzsch, genauestens
bestätigen. Kerns Formel, daß die ethische Entkräftung einer Person eine Funktion ihrer Machtfülle sei,
treffe zu. Je mehr Macht einer oder eine habe, desto
weniger sei er oder sie noch fähig, ethisch zu handeln.
Ganz, ganz, ganz genau so sei es. Sylvio Kern verfalle
allerdings gelegentlich in den Fehler, diesen Tatbestand
vorwurfsvoll zu formulieren. Das sei um so erstaun-
licher, da Kern ja die Abhängigkeit der ethischen Entkräftung von der Machtfülle als Gesetz erkannt und
ausgedrückt habe. Das steht also nicht im Belieben des
einzelnen. Er ist nicht schuld. Macht macht ethikunfä-
hig. Basta. Von einem, der Macht hat, muß man sonst
nichts wissen, um zu wissen, daß er ein Lump ist. Neu
und großartig richtig dagegen ist alles, was Sylvio Kern
über den Mächtigen als Schwächling schreibt. Nur der

Schwächling braucht Macht. Nur der Schwächling strebt nach Macht. Nur der Schwächling bringt es über sich, Macht auszuüben. Das bezeuge er, Wolf Koltzsch, durch sich selbst. Und er vertraue darauf, daß einer Ellen Krenn beziehungsweise einer Frau Kern-Krenn nach mehr als zwanzig Jahren Kulturbetriebserfahrung der tobende, der auftrumpfende, der alle anderen niedermachende Schwächling nicht ganz fremd sei, denn reiner als im Kulturbetrieb manifestiere es sich nirgends, daß Schwäche, also Machtgier, also ethische Entkräftung den Psychofilz jedes Agierenden liefern. Das Allererstaunlichste: daß eine zuschauende Öffentlichkeit so tut, als glaube sie, diesem Betrieb gehe es um etwas anderes als um sich selbst. Er entschuldige sich. Kulturkritische Fisimatenten seien das einzige, was er sich noch übelnehme. Seit er im Westen sei, finde er nichts so abgeschmackt und ärgerlich wie einen Hollywoodfilm, der sich kritisch gibt gegen Hollywood. Und jetzt redet er, der sich inzwischen einen DAS-Menschen par excellence nennen darf, kritisch gegen DAS und dergleichen. Dafür entschuldige er sich. Sich auch noch in Selbstkritik zu sielen, das ist nur Geistesschwächlingen erlaubt. Er lege Wert darauf, nur ethisch, aber nicht geistig entkräftet zu sein. Der peinlichste Beweis für Geistesschwäche sprich Selbstdurchschauungsunfähigkeit sei aber die Geste der Selbstkritik. Wer behauptet, er sei selbstkritisch, lügt oder ist debil. Durfte mir nicht passieren. Ich bitte wirklich um Ihre Vergebung. Es muß mit Ihnen zu tun haben. Ich spiele mich auf vor Ihnen. Perdone, Señora. Wann darf ich wieder anklopfen bei Ihnen, Frau Kern-Krenn? In einer halben Stunde vielleicht?

In einer Dreiviertelstunde, bitte, sagte Ellen.

Sobald der draußen war, heulte sie. Sie konnte eine ganze Zeit lang nur noch heulen. Daß sie sich diesen Nachmittag so kaputt machen mußte! Unvorstellbar, was in diesem Augenblick zu Hause geschah! Hatte sich Alf von Sylvi aus der Halle vertreiben lassen? Hatte Sylvio sein Versprechen, das Haus rechtzeitig zu verlassen, gehalten? Worüber kann Ernest mit Sylvi reden? Sollte sie nicht noch einmal anrufen? Schreiben sollte sie. Sie konnte sich genau an ihre Stimmung nach dem Film erinnern. Aber diese volle, überdeutliche, wie ein Akkord aus vielen Tönen zusammengesetzte Stimmung jetzt in einem Nacheinander von Sätzen zu beschreiben, das hieß diese Stimmung zerstören. Da würde sie anfangen, einen Ton gegen den anderen auszuspielen, es käme im besten Fall eine Folge von Stimmungstönen, aber nie mehr die Stimmung selbst heraus. Dieses durchdringende Gefühl von Scham und Abwehr, dieses Gemenge aus Trotz und Hilflosigkeit, diese Mischung aus Entsetzen und Wut. In ihrer Stimmung war das alles ungetrennt, war eins. Und das eben ergab diese Stimmung. Und jetzt müßte sie das auffasern, die Zusammengesetztheit der Stimmung schildern, jedes Ingrediens als eine Reaktion auf ein bestimmtes Filmfaktum kenntlich machen. Unmöglich. Alles in ihr sträubte sich dagegen, die Stimmung nachträglich in Argumente zu zerlegen. Oder überhaupt nur die Auseinandersetzung mit Ernest nacherzählen? Dabei den Film immer wichtiger, die Einwände immer trivialer werden lassen. Koltzsch hatte gewarnt, als wisse er alles. Koltzsch hatte recht. Wenn sie die Auseinandersetzung nicht ganz wiedergeben konnte, käme nur gequälter Quatsch heraus.

Ernest hatte gefunden, dieser Film sei entsetzlich. Sie waren zu Fuß zum Hotel gegangen. Daß das immer noch läuft, sagte Ernest. Immer noch sind ALLE Deutschen von damals dummbrutale Naziphrasendrescher, und alle Nichtdeutschen sind rührend-prächtig-herrliche Menschen. Das ist immer noch die Art des Propagandafilms, die jeder Staat im Krieg produziert, um zu zeigen, wie dumm und schädlich der Gegner ist. Wie vernichtenswert. Die Deutschen in diesem Film sind doch allesamt nichts als vernichtenswert, ausrottenswert. Auf Gemeinheit und Mord getrimmte Marionetten, gespielt vom scheußlichsten Programm, das je erdacht wurde. Ernest geriet in Atemnot, weil er nicht sagen konnte, wie schlimm dieser Film für ihn war. Ellen nannte die Stellen des Films, die ihr Tränen in die Augen getrieben hatten. Tränen bewiesen nur, daß die Filmemacher ihr Handwerk verstünden. Je besser ein solcher Film sei, um so schlimmer sei er, sagte Ernest. In diesem Film seien die Deutschen doch mit nichts als Handhochstrecken, Zackigkeitsposen, Führerzitieren, Rassenquatschreden und Judenquälen beschäftigt. Schreck-lich, rief Ernest, un-er-träg-lich! Ellen fragte, ob das Leiden der Juden in diesem Film erfunden sei. Nein, natürlich nicht, sagte Ernest, aber diese Deutschmarionetten seien erfunden. Schuldunfähige Bestien, statt schuldige Menschen. Diese Auseinandersetzung durfte in ihrem Artikel nicht auftauchen. Die war verheimlichenswert. Die war auch dann unvorzeigbar, wenn Ellen Ernests Namen durch einen fingierten ersetzte. Nächste Woche bei der sogenannten Blattkritik würde Chefredakteur Steck zum Prinzen hinüberrufen: Hawe Sie das gewußt, daß unse Ellen mit alte Nazis verkehrt? Was Ernest herausgeschimpft hatte, gab es nur in Wirklichkeit, die öffentliche Meinung war davon freizuhalten. Diesen Text zu verhindern, bedurfte es keiner Zensur, das hatte man von sich selbst zu verlangen. Sie hatte Ernest zu wenig widersprochen. Wenn sie berichten würde, müßte sie das berichten. Das würde sie nicht über sich bringen. Über Auschwitz kann man doch nicht diskutieren. Diesen Satz hatte sie andauernd auf der Zunge gehabt. Und nicht gesagt. Es war ein Satz ihres Mannes. Sie hatte befürchtet, Ernest würde das sofort bemerken. Ellen holte die Weißweinflasche aus ihrem abschließbaren Kühlfach, goß eine Kaffeetasse voll. Dann saß sie wie in den Zeiten, als sie ihre Tischgespräche noch nicht erfunden gehabt hatte. Die hatte sie erfinden müssen, weil der Gift- und Antigiftaufwand, den sie betreiben mußte, um sich wöchentlich die von ihr erwarteten Zeilen abzupressen, nicht sehr viel länger

66

auszuhalten gewesen wäre. Bloß kein Zeilendefizit: das war die Tag und Nacht in ihrem Bewußtsein blinkende Panikschrift gewesen. Nach den ersten Tassen Wein hatte sie immer das Gefühl von Begabung gehabt. Das ließ sich weder durch Weitertrinken noch durch Nichtmehrtrinken aufrecht erhalten. Es sank einfach dahin. Ließ sich nicht benutzen. Sie hatte in der Zeit am Terminal in der Unibibliothek einen Kollegen gehabt, der in großen Zeitabständen von Erektionen überrascht worden war. Er hatte Ellen dann immer ganz verzweifelt aufgefordert, ihm doch, bitte, jetzt sofort zur Verfügung zu sein, da es Monate dauern könne, bis die Erektion sich wieder einstelle. Natürlich wehrte sie sich, wollte ihn aus seiner Dringlichkeit herausreden, aber seine Angst, daß die Erektion ungenutzt vorübergehen werde, wenn ihr nicht gleich entsprochen werde, wurde so grell, daß ihr nichts übrigblieb, als ihm wenigstens eine Art von Entgegenkommen zu bieten, in dem ihr Mitleid nicht vorkam. Und das genügte auch schon. Jedes Mal. Die Erektion sank dahin, sobald ihr ein Entgegenkommen gezeigt wurde. So sank Ellens Begabungsgefühl dahin, sobald sie etwas damit anfangen wollte. Durch die Erfindung der Tischgespräche hatte sie sich von dem Terror des andauernd drohenden Zeilendefizits befreit. Vorher hatte sie jede Nacht getrunken, bis sie die Buchstaben auf der Schreibmaschine nur noch ungefähr traf; als habe sie Boxhandschuhe an.

Sie hatte immer das Gefühl gehabt, sie rühre ihren

Schreibzustand chemisch an. Weißwein und Lexotanil, um rauchen zu können. Rauchen, um schreiben zu können. Du rauchst, das Leben saust, der Sand rast durch die schmale Taille. Aber nach fünfzig Zigaretten hängst du immer noch in den ersten zwei Sätzen. Aber vollkommen unfähig zu einem dritten Satz. Vollkommen zugeraucht. Sie hatte immer Flaubertaufzeichnungen griffbereit. Der hatte es sich auch schwer gemacht.

Erst morgens, kurz bevor die Putzfrauen kamen, war sie gegangen. Krumm und elend. In die Tiefgarage. Ins Auto gefallen. Kassette reingeschoben. Mit den hell und blitzend ins Feld rückenden Tönen der Haydn-Symphonie Nr. 38 heimwärts. Auf dem Mittleren Ring hinausrutschend aus der Zwangsanstalt München. Der Mond hängt in den Wolken wie eine höheren Orts ausgespuckte Hostie. Wenn Sylvio ängstlich fragte, wieviel sie wieder geraucht habe, sagte sie: Soviel wie hineingehen in eine Nacht.

Dann lag sie im Morgengrauen und wartete darauf, daß das Valium ihr Asyl gewähre. So lange es sich ihrer noch nicht annahm, marschierten in ihrem Kopf die zwei Sätze auf, die sie in den letzten siebzehn Stunden zustandegebracht hatte: Wagnerbücherautoren sollten mit einander in Urlaub fahren. Sie verstünden einander besser, als wenn sie mit ganz anderen Leuten, etwa mit Schillerbücherverfassern, verreisten.

Siebzehn Stunden! Und sie wußte, sie würde diese zwei Sätze wieder streichen müssen, weil sie zu umständlich waren, zu weit hergeholt und zu weit wegführend, um einen Artikel einzuleiten über einen Psychologenkongreß, der die Beschädigungen durch Spezialisierung behandelt hatte. Außer den zwei Sätzen in siebzehn Stunden nur eine Überschrift: Der Einseitige Mensch. Sie war stolz darauf gewesen, daß sie Einseitig groß geschrieben hatte. Und immer die Panikfrage: Hatte sie die Tür zu ihrem Kühlfach abgeschlossen?! Die Weintasse weggeräumt?! Wahrscheinlich wußte der Prinz, daß es in den Büros Alkohol gab. Das ganze Tabutheater diente ihm vielleicht nur dazu, die Mitarbeiter im Stand der Schuld zu halten. Sie waren dann leichter beherrschbar. Das hatte Ernest von den Deutschen gesagt. Das sei die Kalkulation des Auslands. Eine nicht endendürfende Erpressung durch andauernde Vorführung der deutschen Greueltaten in gar allen Medien. Vor Generationen, die mit diesen Greueltaten überhaupt nichts zu tun haben konnten! Die aber Schuldbekenntnisse abliefern sollten! Und nichts ruiniere eine Gesellschaft auf die Dauer gründlicher als eine Moral, die nur auf den Lippen zu Hause sei.

Ellen war diese Art Abwehr fremd. Die kam in der Familie Krenn-Kern nicht vor. Man redete nicht darüber, nahm hin. Über Auschwitz kann man doch nicht diskutieren. In ihren einhundertacht Zeilen über den Hitlerjungen Salomon würde Ernests Standpunkt nicht vorkommen, basta. Je länger sie saß, desto unvorstellbarer wurde es, daß sie diese einhundertacht

Zeilen schreiben konnte. Ohne Zigaretten schreiben! Wie konnte sie – auf dem Höhepunkt ihrer Schnupfenzeit – einhundertacht Zeilen zusagen! Sofort hätte sie rufen sollen, daß sie ausfalle! Ein Pollensturm wie noch nie! Seit zwei Tagen! Ach, hätte sie diesen DAS-Turm nie von innen gesehen. Wäre sie doch am Terminal geblieben! Nach ihrem Studium hatte sie in der Universitätsbibliothek gearbeitet, in der Abteilung, in der Spezialbibliographien über Terminal produziert wurden. Das Neueste vom Neuen. Karriere winkte. Außer dem Direktor waren alle gerade erst fertig geworden. Sie mußte sich vorwerfen, daß sie ihre Arbeit zu sehr danach erlebt hatte, wie der Direktor auf sie wirkte. Dieser Direktor war ein Weichteilmonster mit Glasaugen. Sein Wahlspruch: Es ist immer nur eins richtig, alles andere ist falsch. Richtig war immer das, was der Direktor sagte. Sie hatte sich dieser Entmündigungsprozedur entziehen müssen. Durch Sylvio hatte sie Herrn Steck kennengelernt. Der sah sie an, als sei er der Arzt, sie die Patientin, die in seine Sprechstunde gekommen sei. Demonstrativ ratlos kaute er seinen Brillenbügel. Setzte die Brille plötzlich auf, als erweise er Ellen damit schon eine Gnade. Sagte: Gudd-gudd-gudd, kann doch sein, Sie sin begabbt, das weiß mer doch iewerhaupt net. Vorhäär. N Proofi sin Sie net, awer vielleischt hawe Sie's Zeug zu eim!
Ellen hatte am Anfang darauf bestanden, daß sie kein PROOFI sei. Tatsächlich gab es überhaupt nichts, was sie hätte professionell betreiben wollen. Sie hätte am

liebsten alles liebend betrieben. Aber sie mußte sozusagen unmerklich umschwenken, übertreten, mitbeten. Professionalität war jetzt der Gott aller Gewerbe. Fundamentalismus blühte. Der Proofi kann schreiben, worüber gerade geschrieben werden muß. Sie hätte gern über den langsamen Vielleischt-Hessen geschrieben und am liebsten über den hart lächelnden Prinzen, der immer dicker, aber kein bißchen weicher wurde. Nachdem sie sein Sechshundertseitenbuch über Munch gelesen hatte, litt sie darunter, daß sie ihm nicht sagen konnte, wie sehr sie ihn verehre. Er mußte doch jede Art von Begeisterung für nichts als Kriecherei halten. Sie überlegte immer neue Sätze, mit denen sie, wenn sie dem Prinzen im DAS-Turm begegnete, rasch und heftig ihre Verehrung ausdrücken könnte. Aber heftig ging schon mal nicht. Nachlässig, unterspielt, beiläufig, aber doch tiefwirkend scharf mußte ihr Begeisterungsausdruck sein. Inzwischen hatten längst alle ihre Komplimente abgeliefert. Und je mehr Komplimente der Prinz schon kassiert hatte, desto höher sein Anspruch an jedes weitere Kompliment. Also wurde es immer schwerer. Also mußte Ellen weiter nach noch besseren Sätzen suchen. Am liebsten hätte sie vorgeschlagen, mit dem Prinzen ein Tischgespräch zu machen. GELD UND GEIST! Gab es jemanden, der beides so überreichlich hatte? Und in Gefahr war er auch! Durch sein Zuvielhaben. Eine fast erlebnislose Negationsroutine bedrohte ihn beziehungsweise DAS. Alles Wirkliche mußte, um zu erscheinen, zuerst in etwas Meinungsmäßiges überführt werden. Tun Se doch net so, als gäb's das, was Se da beschreiwe. Saache Se was drüwer aus, dann gibt's es. Aussaache, mei Liewe, Aussaache. Herr Steck war die Volksausgabe der DAS-Philosophie, die der Prinz als Zwanzigjähriger, hieß es, entworfen hatte. Sylvio sagte: Und er war schon ein Schopenhauer-Verschnitt. Aber eben ein erfolgreicher. Vielleicht wehrte sie sich gegen den DAS-Stil, weil es ihr nicht gelungen war, ihn zu erlernen. Wenn der Chefredakteur gelegentlich die Zahl der Wochen nannte, in denen Ellen nichts mehr für das Magazin geschrieben hatte, sagte sie formelhaft, sie sei ihren Erfahrungen sprachlich noch immer nicht gewachsen. Dann mache Se ewe mol annere Erfahrunge, sagte dann Herr Steck, den außer Ellen alle Leo nannten. So hieß er und so führte er sich vor. Sein Maulaufreißen und Bügelkauen und sein Knurren und Brüllen war gedacht als Ausdruck von etwas Löwenhaftem. Am schlimmsten war für Ellen, als sie noch schrieb, des Chefredakteurs Lob gewesen. Wenn Steck einen ihrer Sätze *eine gelungene Formulierung* genannt hatte, wußte sie, daß sie gefährdet war. Wahrscheinlich bräuchte sie einen Psychiater zur Überwindung ihrer Schreibhemmung. Manchmal wurde sie plötzlich durchströmt von der Gewißheit, daß diese Schreibhemmung das Beste war in und an ihr. Und jetzt sollte sie schreiben, ohne zu rauchen. Ihre Schleimhäute waren von der achtundvierzigstündigen Pollenattacke geschwollen und wund. Jeder Zug an einer Zigarette würde wirken, als zöge sie eine Stahlbürste in sich hinein. Wie sollte sie da anfangen zu schreiben?! Und Föhn war auch. Die hiesige Generalprävention. Zwölfter Stock, Arabella-Park, ein zimmerbreites Fenster. Was man sah, war nah. Das Nächste nicht näher als das Entfernteste. Die Kirchtürme mit ihren Kuppeln schauten herein wie Vögel. Im nächsten Augenblick würden sie sich bewegen. Die ganze Stadt würde gleich nicht mehr an Ort und Stelle bleiben. Im Süden lichtspeiendes Gebirge. Im eher grünen als blauen Himmel grell weiße Wolkenschrapnelle. Offenbar war eine Wetterschlacht im Gang. Die ganze Stadt kämpfte mit. Gerade riß sich das frühere Armeemuseum los und trieb, flankiert von den Türmen der Liebfrauenkirche und der Theatinerkirche, auf den DAS-Turm zu. Eine Armada von Dächern trieb mit. Würden die silbern glänzenden Riesen des Arabellaparks standhalten? Hypobank und Sheraton sahen schon ganz krank aus vor Glanz. Den Film sollst du rühmen, nicht das Wetter buchstabieren! Was für ein Privileg, rühmen zu dürfen! Die DAS-Masche ist Niedermachen. Ein Sprachasthma für Hohn. Ein Säuresaich über alles. Das ist die Arbeitsteilung in der Medienwelt: die einen produzieren Glamour, die anderen kratzen ihn ab. Wirklichkeit kommt nicht vor. Die Leser wissen das natürlich. Glamourproduktion und Glamourzerstörung täuschen eine Bewegung vor. Das entspricht dem Bewegungsschein des eigenen Lebens. Man muß einfach so schreiben, daß der Leser das Glamourproduzieren und das Glamourvernichten mitmacht. Nicht abstoßend sein. Einfach so böse, wie jeder andauernd gern wäre, aber er kann es sich nicht leisten, ist ja verheiratet, fest angestellt, muß sich rentenwürdig benehmen. Das hält er nur aus, wenn er die täglich in ihm produzierte Wut in den Bosheitsquanten ablassen kann, die ihm DAS verordnet. Das ganze Ausdrucksgewerbe ist, nach Ellens Gefühl, eine Verklärungs- und Niedermachungsindustrie. DAS ist spezialisiert auf Niedermachen. Je radikaler einer im Niedermachen anderer vorgeht, desto beliebter macht er sich. Warum haben diese Niedermacher nichts gegen sich selbst? Das verstand Ellen nicht. Immer sind alle anderen Nazis und Kleinbürger und so weiter. Die Niedermacher selbst aber sind ganz tolle Leute. Das Ausdrucksgewerbe lebt vom Verächtlichfinden anderer. Was Verklärungs- und Niedermachungsindustrie produzieren, heißt öffentliche Meinung, wirkt wie Politik, ist aber Unterhaltung. Ellen konnte sich dafür nicht interessieren. Was sich da stritt, kam ihr so gleich vor. Ununterscheidbar. Daran denkend, keimte in ihr Verständnis für die Figur des ROHLINGS, mit der sich Sylvio im zweiten Band seiner Trilogie herumquälte. Unverzeihlich blieb, daß Sylvio alles verwendet hatte, was er nur durch Ellen erfahren haben konnte. Aussagen Ernests, Kleidungsstücke Ernests, Gewohnheiten Ernests. Sylvio mußte sich alles, was Ellen gelegentlich zu Hause erwähnte, gleich darauf aufgeschrieben haben. Sylvio hatte durch Alkohol und

Alter so gut wie kein Gedächtnis mehr. Vielleicht trug er immer ein laufendes Tonbandgerät mit sich herum und hatte irgendwo am Jackett oder Pullover ein Minimikro montiert. Er trug ja immer dunkle langhaarige Pullover. Alpacca oder Mohair. Ernest trug ausschließlich helles Cashmere. Sylvio hatte bei der Konstruktion seiner Paradefigur rücksichtslos Gebrauch gemacht von den durch Ellen gelieferten Details. Wirklich Intimes war nicht dabei. Aber Ellen genierte sich für die Markenangaben von Rasierwasser, Autos, Unterwäsche und Schuhen. Am meisten natürlich über die hemmungslose Verwendung Ernestscher Meinungen. Die Figur war sicher aus mehreren Vorbildern geschaffen – das war, nach Ellens Gefühl, auch ihre Schwäche, es war eine Synthetikfigur –, aber die Ernestdetails leuchteten Ellen aus jedem Auftritt dieser Figur grell entgegen. Wirklich schlimm für Ellen war die Handlung dieses Romans. Beim geringsten Anlaß lief diese Romanhandlung geradezu zwanghaft in ihr ab. Sie konnte sich nicht wehren. Und sie konnte mit Sylvio immer noch nicht sprechen über diese Handlung. Sie würde den gerade erschienenen dritten Band nicht in die Hand nehmen, bevor sie mit ihrem Mann nicht die Handlung des zweiten Bandes besprochen hatte. Diese Handlung war eine einzige Beleidigung für sie. Da bringt die Frau einen Freund der Familie zum Münchner Hauptbahnhof und kommt nicht mehr zurück. Der Mann fährt zum Hauptbahnhof, kommt gerade dazu, wie das Auto seiner Frau abgeschleppt werden soll. Abends ein Telegramm: Freund und Frau sind mit einander gefahren, wollen bei einander bleiben. Nach sieben Wochen kommt die Frau wieder. Der Mann hatte sich schon darüber gefreut, daß sie fort war. Er hatte von Tag zu Tag neue Segnungen des Alleinseins entdeckt. Er hatte keinem gesagt, daß die Frau weg war. Auch den auswärts studierenden Kindern nicht. Das soll sie selber tun, findet er. Sie wird am besten wissen, wie sie ihr Verschwinden zu erklären hat. Und dann kommt die wieder! Und sofort tritt die Eheroutine wieder voll in Kraft. Der Mann spürt sofort, daß er so tun muß, als sei er zornig über ihre Untreue und glücklich über ihre Rückkehr. Die Frau heult eine Nacht lang in seinen Armen, so erleichtert, so froh ist sie über seine Reaktion. Sie will den Geschlechtsverkehr mit ihm sofort wieder aufnehmen. Er findet, er müsse, um glaubhaft zu bleiben, auch daran Interesse zeigen. Nach der Erfüllung dieser Pflicht bemerkt er, daß er mit der Frau nicht mehr sprechen kann. Er hat sogar das Gefühl, überhaupt nie mehr sprechen zu können. Sein Mund ist zum Sprechen vollkommen unfähig geworden. Kein guter Wille hilft. Die Frau erschrickt. Sie sieht, daß der Mann sprechen möchte, aber nicht mehr sprechen kann. Sie redet, redet auf ihn ein, redet sich frei, redet Tag und Nacht, sagt alles, was sie mit dem Freund getan, gesprochen, gefühlt hat. Der Mann lernt dadurch seinen Freund kennen. Den einzigen Freund, den er gehabt hatte. Und erfährt jetzt: sein Freund hat ihn immer gemocht, aber nie geschätzt. Sein Freund hat sich ihm immer viel zu sehr überlegen gefühlt, als daß er ihn hätte schätzen können. Aber eine tiefe Sympathie hat der Freund immer empfunden für ihn. Man muß einen nicht schätzen, um ihn zu lieben. So der Freund zur Frau über den Mann. Nachdem der Mann alles erfahren hat, kann er wieder sprechen. Er sagt, das habe er immer gewußt oder doch geahnt, daß der Freund so über ihn denke. Das stimmte gar nicht. Aber er mußte seine eigene Rolle, so gut es noch ging, vor dem Lächerlichsein schützen. Dazu dient dem Roman die Erzählung der zurückgekehrten Frau. Darin erscheint der Freund als ein ichsüchtiger, herrschsüchtiger, hochempfindlicher Rohling, der es sich dank seiner Tüchtigkeit, also seines gesellschaftlichen Ranges, leisten kann, alle Leute, mit denen er lebt, zu Stichwortgebern für seine Ich-Opern herabzuwürdigen.

Daß Sylvio kein bißchen daran dachte, wie peinlich es für Ellen sein mußte, wenn Ernest dieses Buch lesen würde! Andauernd hatte sie Angst, Ernest werde vom ROHLING anfangen. Gut, Ernest las keine Romane. Ernest sagte immer wieder einmal – und Ellen hatte solche Aussprüche ihrem nichts als Romane schreibenden Sylvio gern hingerieben –: Wer in Frage kommt, liest keine Romane. Oder: Romane sind was für Frauen und Farbenblinde. Mit solchen Ernest-Sprüchen hat Sylvio auch seinen Roman-Rohling dekoriert. Aber selbst wenn Ernest solche Sprüche ablassen und sie sich nicht merken sollte, die Feiern der

Ernestschen Körperliturgie mußten ihm bekannt vorkommen, mußten ihn, so dargestellt, beleidigen. Ellen hatte, wenn sie sich über Ernest geärgert hatte, zu Hause erzählt, wie andächtig Ernest mit seinem Körper umging; sie hatte gehofft, es tue Sylvio gut, wenn sie Ernest ein bißchen heruntermachte; aber Sylvio hatte die Komik Ernestscher Körperfrömmigkeit ins Lächerliche verschärft. Bernhard – so hieß die Ernest-Figur bei Sylvio –, nachts, mit dem Auto – statt Jaguar Maserati – am Eisentor der Villa, die Sylvio von Bogenhausen bis nach Grünwald verlegt hat, jetzt funktioniert der elektronische Öffner nicht; Bernhard hat aber den Schlüssel für die Fußgängerpforte dabei, klemmt sich den krokodilledernen Aktenkoffer unter den Arm, will aufschließen, der Koffer rutscht ihm weg, fällt ihm mit einer messingbewehrten Ecke auf den großen Zeh; dieser Zeh ist durch das hauchdünne Leder des italienischen Modeschuhs überhaupt nicht geschützt; also ein Schrei; nachts noch, in Begleitung zweier sofort herbeigerufener Ärzte, zum Röntgen, Diagnose: das könne auch Rheuma sein. Ihm wird verordnet: Tanderil-Tabletten. Auch eine Salbe. Am nächsten Abend scharen sich die engeren Freunde um Bernhards Zeh. Jeder hat Ratschläge. Bernhard beziehungsweise der Rohling sitzt stumm und tragisch. Wenn es Rheuma ist, dann ist das der Anfang vom Ende: ohne seine Bewegungsfähigkeit ist er erledigt. Seine Größe, seine Masse, und das ohne den täglichen Bewegungsablauf, das wäre nichts als fatal. Ellen hatte gerade noch lachen können über solche Szenen, aber sie hatte geweint, als sie las, daß Otto – die Sylviofigur im Roman – froh war über das Verschwinden seiner Frau. War das Sylvios Rache, weil Ellen sich mit ihrem Ernest-Abenteuer für Sylvios Annelie-Abenteuer gerächt hatte? Sie glaubte das nicht. Sylvio war ein Kind, der konnte überhaupt nicht strategisch denken oder handeln. Also auch nicht so schreiben. Sylvio wollte gar nicht, daß sie zu ihm zurückkomme. Das sagte der ROHLING-Roman. Das sagte ihr Sylvio durch Otto, der Sylvio im Roman vertrat. Allerdings hatte er auch Züge von sich im Rohling Bernhard untergebracht. Seine Vorliebe für Frauen mit weitreichenden Brüsten und ebensolchen Schenkeln, zum Beispiel. Seine Empfindlichkeit gegenüber Kaugeräuschen anderer. Ernest hat die überhaupt nicht. Sylvios Romane laufen immer am Leben entlang wie ein Hund an einer Hecke. Dann und wann hebt er das Bein. Sie hatte Sylvio nie gesagt, nie sagen können, wie wenig ihr gefiel, was er schrieb. Ach, wenn es nur um Gefallen oder Nichtgefallen gegangen wäre. Ihr war diese von Sylvio ausgebildete Technik, sein Leben in Romane umzuschreiben, nichts als peinlich. Von allen seinen Büchern gefiel ihr nur eins: DIE FRAU DES MANNES DER FRAU. Vielleicht sollte man zufrieden sein, wenn einem von einem Schriftsteller ein Buch gefällt. Als sie Sylvio kennengelernt hatte, war er noch Apotheker gewesen. Das war er eigentlich immer noch. Aber ein Apotheker, der sich für einen Schriftsteller hält, ist weniger einnehmend als ein Apotheker, der ganz und gar ein Apotheker ist und sein will. Ellen ging oft und gern in Apotheken und weidete sich an den Männern und Frauen, die in weißen Mänteln zu eleganten Schubladenwänden gingen und zurückkamen und glücklich waren, ihrem Kunden das aushändigen zu können, was er jetzt brauchte. Sylvio stimmte nicht überein mit sich. Es gab ihn doch überhaupt nicht. Er war nichts als ein Potpourri verschiedener Rollen. Ihm war es offenbar gleichgültig, daß Ellen sein Theater durchschaute. Sie hatte mitzuspielen. Das Leben ist ein Western. Das war sein Satz, sein Credo. Damit lief er herum, spielte den Edlen, den Gemeinen, wie er es gerade brauchte. Und jammerte, daß diese Welt ihm nicht gestatte, er selbst zu sein. Offenbar hatte er noch die Illusion, es gebe ihn jenseits seines Theaters. Oh wie sie ihn verachtete. Manchmal. Abhauen, das wär's. Eine Familie ist ein Elendsverband. So etwas verläßt man nicht. Er hat sie längst zu seiner Mutter gemacht und verlangt ihr alles ab, was er von seiner Mutter nicht bekommen hat. Sie hat drei dem Leben davonlaufende Kinder. Alf, starr im Schaukelstuhl. Sylvi, fixiert auf das Surfbrett. Sylvio, Alkoholiker. Sie verachtet ihren Mann nicht. Doch, sie verachtet ihn. Nein, sie verachtet ihn nicht. Um ihretwillen verachtet sie ihn nicht. Was hat sie davon, einen Mann zu verachten, von dem sie sich doch nicht trennen kann! Er tut ihr leid. Das schon. Am meisten ähnelt er doch einem Hasen. Haken schlagen, darin ist er Meister. Und seit sein Mund, immer kleiner werdend, sich zum reinen Fältchenzentrum entwickelt, sieht Sylvio auch noch aus wie Meister Lampe. Seine großen, immer schon über den kleinen Kopf triumphierenden Ohren vervollständigten jetzt das Bild. Neun Jahre hat er emsig seine Papiere bevölkert, drei Romane sind es geworden. FEIGLING-Trilogie nennt er sie und möchte, daß andere sie auch so nennen. Die schwerste aller ehelichen Pflichten ist die Bewunderungspflicht. Sylvio, du bist ein großer Schriftsteller. Manchmal wunderte sie sich, daß er ihr solche Sätze immer noch glaubte. Daß er sich von ihr immer noch geschätzt, sogar hoch geschätzt glaubte, stand im Buch. Otto, der Mann, glaubt, er werde von Freund und Frau gleichermaßen geschätzt, und wird und wird dann nicht damit fertig, daß sein Freund ihn nur gern mag, aber nicht viel von ihm hält. Mit der zurückkehrenden Frau kann der Mann nur deshalb wieder zusammenleben, weil er sicher ist, daß sie viel von ihm hält. Ob sie ihn wirklich liebt, weiß er nicht, aber daß sie ihn schätzt, seine Fähigkeiten bewundert, das weiß er. Es ist keine Kunst, Sylvio glauben zu machen, man halte viel von ihm. So kritisch er ist gegenüber Kritik, an Lob ist ihm gar alles recht. Diese Anspruchslosigkeit dem Lob gegenüber war Ellen fremd. Sie wurde durch Lob und Kompliment zuerst einmal mißtrauisch, vermutete eine Absicht, etwas gegen sie Gerichtetes. Sylvio, das Kind. Ihr Kind. Sylvio lebt vom Gelobtwerden. Sie könnte ihn umbringen nur dadurch, daß sie ihn nicht mehr lobt. Er will nicht geliebt, gelobt will er sein. Sie hat gelernt, alles in eine freundliche Schwebe zu bringen. Sie darf nur nicht dazu gezwungen werden, diese Schwebe für endgültig zu halten. Sie braucht eine Aussicht. Ernest ist eine Aussicht für sie. Ohne ihn hätte sie das Licht doch längst gelöscht. Wie Wiltrud. Bewundernswerte Wiltrud. Einzige Schwester. Einziger Mensch. Entsprechend handeln. Das muß man lernen. Den Erfahrungen entsprechend. Wiltrud, Geliebte des verheirateten Kriminaldirektors Hajek; Wiltrud wird schwanger; Abtreibung verweigert sie; das Kind wird geboren: Dimitri; der Beamte will sich scheiden lassen; sie liebt ihn, aber sie will nicht, daß er sich von seiner Frau trennt; lieber trennt sie sich von ihm; nach der Trennung verfolgt er sie auf jede Weise; sie wird wieder schwanger; wieder von ihm; er will sie wieder heiraten; sie weigert sich wieder; das zweite Kind wird geboren: Irina; der Mann taucht wieder auf; sie bringt sich um. Hajeks adoptieren Dimitri und Irina. So entschieden wie Wiltrud wäre Ellen gern gewesen. Ernest, eine Aussicht!? Sie tanzt vor ihm herum. Auf ihren Zehenspitzen. Er hockt bequem, schaut ihr zu, lobt sie. Hör doch auf, befahl sie sich. Ernest ist eine Aussicht. Ellen hatte das Gefühl, sie müsse um Aufschub bitten. Aber wen? Sie werde schon alles richtig machen, was jetzt falsch sei. Nur nicht gleich. Ernest ist keine Aussicht. Aber diese Gefühlsmischung aus Aufregung, Angst und Jubel – das ist doch Liebe. Vor allem die Notwendigkeit in allem, was mit Ernest zu tun hat. Du kannst nichts tun dagegen. Verheimlichen, ja. Aber in dir herrscht die Notwendigkeit, die seinen Namen trägt. Er ist eine Aussicht. Die einzige. Nur weil er eine Aussicht ist, liebst du ihn. Nur ein Mann kann auf die Idee verfallen, man liebe ihn um seinetwillen. Und die, die man liebt, läßt man in diesem Wahn. Ernest ist also eine Aussicht. Schau lieber zum Fenster hinaus. Vor dir München. Im Föhn. Schreib.

Dann trat, seinem Klopfen auf dem Fuß folgend, doch wieder Koltzsch ein. Wieder mit der Plastiktasche. Daß man den nie ohne Plastiktasche sieht. Wenn sie den *Faust* inszenieren müßte, würde sie Mephisto nur mit Plastiktasche auftreten lassen. Ellen gestand sofort, daß sie keine Zeile geschrieben habe. Herr Koltzsch erschrak überhaupt nicht. Er nickte, lächelte, drehte das Gesicht weg, schaute herüber, kratzte mit einem gebogenen Zeigefinger in seinem Umhängebart. Macht doch nichts, sagte er, setzte sich an den Computer, schaltete den ein. Das habe er sich immer schon gewünscht, das sei eine Traumsituation, er dürfe endlich schreiben. Und auch noch für eine schöne Frau. Und auch noch über einen antifaschistischen Film. Antifaschismus habe er gelernt in Greiz an der Weißen Elster. Wenn man in der DDR etwas lernen konnte, dann Antifaschismus.

Er fing an zu schreiben. Mit zehn Fingern. Und sehr schnell. Ellen stand auf, trat hinter ihn. Sie mußte sich doch wenigstens interessieren für das, was er schrieb.

Er sagte, ohne sein Schreiben zu unterbrechen, er nehme auch einen Schluck. Ellen erschrak. Sie hatte die Flasche doch wieder ins Kühlfach gestellt.

Man riecht es, sagte er. Eine gute Sorte.

Ellen schenkte ihm eine Tasse voll ein, er trank sie sofort aus, stellte ihr die Tasse so hin, daß Ellen wieder einschenken mußte. Auch die zweite Tasse schüttete er sich einfach in den Mund. Ellen schenkte nach. Sie mußte ihn bei Laune halten. Er schrieb gleich wieder weiter. Ellen las mit. Er rühmte die polnisch-jüdische Regisseurin dafür, daß sie den gewissensstumpfen Deutschen diesen durch Genauigkeit ergreifenden Film geschenkt habe. Wenn den Deutschen ihr Bild in diesem Film als Karikatur erscheine, liege das nicht an diesem Film, sondern daran, daß die Deutschen damals sich bis zur scheußlichsten Karikatur entstellt hätten. Ellen steuerte Filmmomente bei, die Koltzschs Sätze legitimierten. Sie sah, daß Koltzschs Kopfmitte eine runde haarlose Lichtung war. Sie assoziierte: Mönch. Koltzsch legte mit einem jähen Schmerzlaut beide Hände auf seinen Kopf. Daß Ellen auf seine Glatze schaue, ertrage er nicht. Er gebe zu, daß er auch sonst keine attraktiven Ansichten zu bieten habe, aber von hinten oben, das sei der schlimmstmögliche Blick auf ihn.

Woher wissen Sie das, fragte Ellen.

Sie haben recht, sagte Koltzsch, jetzt, da Sie vor mir stehen, weiß ich, den schlimmstmöglichen Anblick biete ich von vorn. Daß mein Hals so dick ist, kommt vom Schwimmen. Der Bart ist einfach zu kurz. Als Junge habe ich unsäglich trainiert. Ich glaubte, ich könne der DDR nur als Meisterschwimmer entkommen. Hat nicht funktioniert. Wie das meiste bei mir. Außer dem Konjunktiv, sagte Ellen und trank ihm mit ihrer Tasse zu. Sie tranken aus, Ellen schenkte nach. Jetzt saß sie ihm gegenüber.

Zum Glück gibt's den Konjunktiv, sagte er. Zum Glück gibt es nichts Wichtigeres als den Konjunktiv. Zum Glück ist die Sprachrichtigkeit die oberste Norm überhaupt. Ästhetisch-ethisch. Das Kulturmaß schlechthin. Das hat der Prinz erfaßt. Was nützte es, wenn er die ganze Welt kritisierte und doch Schaden anrichtete an der Sprache! Der Prinz ist der einzige im DAS-Turm, der das absolute Sprachgewissen hat. Wer kein Sprachgewissen hat, hat kein Gewissen.

Er hörte auf, drehte sein Gesicht weg, sah aus dem weggedrehten Gesicht herüber, der Mund klaffte, Koltzsch kratzte mit dem gebogenen Zeigefinger am bartbewachsenen Kinn.

Ich bin böse, sagte er dann. Prinzipiell böse. Aber nicht verrucht. Die meisten im DAS-Turm sind nur verrucht. Ich bin böse. Böse um des Guten willen. Ich gebe zu, daß es mir Spaß macht, böse zu sein. Aber eben um des Guten willen. Das Richtige ist das Gute. Das einzige Unanzweifelbare. Sprachschluderer zu geißeln erregt mich. Sexuell. Wer einen so häßlichen Körper hat wie ich, muß sich die Erregungen übers Geistige verschaffen. Am schlimmsten finde ich an mir die Psoriasis. Das typische Hautleiden des geistig-nervlich Überspannten, des sich selbst Überfordernden. Ich finde die Psoriasis schlimmer als den Hand- und Fußschweiß, an dem ich leide. Aber alle meine Scheußlichkeiten zusammen kommen mir vor wie nichts, verglichen mit einem einzigen falschen Konjunktiv. Das geben Sie zu?

Ellen konnte ihre Ratlosigkeit nicht verbergen.

Das müssen Sie doch zugeben, sagte er geradezu innig. Das Sprachvermögen sei ein Charaktervermögen. So sei auch das Sprachunvermögen ein Charakterunvermögen. Wenn Ellen schweißige Hände schlimmer finde als einen falschen Konjunktiv, sage sie damit nur, daß ein mieser Charakter sie weniger störe als ein körperlicher Makel. Das wäre aber schrecklich. Für ihn. Ausgerechnet Ellen, die er verehre, seit er sie kenne.

Schluß jetzt, sagte er und schaute zum Fenster hinaus. München, im krank machenden Glanz des Föhns, sagte er.

Schweigen.

Dann sagte er: München gleißt.

Schweigen.

Das geben Sie zu, sagte er.

Ellen sagte Ja und wußte nicht genau, was sie zugegeben hatte.

Dann druckte er die einhundertacht Zeilen aus und gab sie Ellen zum Lesen. Ellen sagte, sie sei beschämt. Den Artikel müßten sie mit beiden Namen zeichnen.

Das geht nicht, sagte Koltzsch. Er habe dem Prinzen

schriftlich versprechen müssen, daß er niemals danach trachte, selber in den Blättern des Prinzen zu schreiben. Bleiben Sie keusch, hat der Prinz gesagt, nur dann können Sie unser Sprachgewissen sein. Wer schreibt, hurt. So der Prinz. Jetzt hure er also! Erfahre der Prinz das, verliere er, Koltzsch, sofort sein Sprachkritikeramt. Das aber wäre für ihn der Tod. Er sei ja jetzt schon in allen vier Blättern, die der Prinz inzwischen besitze, der für die Sprache Verantwortliche. Und er hoffe, der Prinz übernehme Verantwortung in noch viel viel mehr Publikationsorganen. Sein Traum sei es, eines Tages ganz Deutschland sprachlich vorzustehen, das heiße, Verantwortung zu tragen für die gesamte deutsche Sprache.

Er sagte das alles nicht zu Ellen, sondern zum Fenster hin. Zu München hin, das im Föhnlicht kochte.

Dann stand er auf, ließ sich noch einmal die Tasse füllen, stieß mit Ellen an und sagte, er werde dem Prinzen nichts von dieser Orgie erzählen.

Ellen lachte unfroh und sagte: Danke.

Und Sie, sagte er, werden ihm auch nichts erzählen.

Ellen bestätigte das.

Schwören Sie, sagte er plötzlich ganz heftig.

Ellen erschrak, lächelte unsicher und sagte viel zu ernst: Ich schwör's.

Der Prinz, sagte Koltzsch, ist nämlich auch ein Schwächling. Der größte Schwächling überhaupt. Darum hat er ja auch am meisten Macht.

Koltzsch stand jetzt dicht vor ihr. Er war einen Kopf

kleiner als sie. Aus dem gesenkten Gesicht sagte er zu ihr herauf: Nehmen Sie meinen Artikel an?

Ihr war das Pathos peinlich, aber sie mußte wohl Ja sagen. Sie hätte ihr Ja gern mit einem Lachen abgefedert. Das gelang nicht. Es wurde ein zittriges, ein verhauchtes Ja, das er für ein pathetisches halten konnte. Er tat's. Er nahm ihre Hand. Er hatte tatsächlich kalte schwitzige Hände. Und sprach das auch gleich noch einmal aus. Das war vielleicht das Gemeinste, Böseste, Elendeste an ihm, daß er seine Mäkel rücksichtslos propagierte oder gestand. Oder gestand und propagierte. Er küßte ihre Hand. Er danke ihr dafür, daß sie seinen Artikel annehme. Damit sei zwischen ihnen etwas entstanden, das ihn glücklich mache. Und wenn er bedenke, wie ungeheuerlich ihr Gemeinsames sei, errege ihn das bis ins Sündige. *Sündig* stehe hier für *unmöglich*. Und das Unmögliche einer Beziehung zwischen einem kurzbeinigen Psoriasis-Schwitzer wie er und einer hochbeinigen Blondererscheinung wie Ellen sei das, was ihm, wie sie sehe, den Speichel aus den Mundwinkeln in den Bart fließen lasse. Daß Ellen diese Gemeinsamkeit akzeptiert habe, sei das bisher Sensationellste in seiner erotischen Biographie. Danke, Ellen, dankedanke!

Cignolin, murmelte Ellen. Gegen Psoriasis Cignolin. Das kam bei ihrem Mann, dem Apothekerschriftsteller, irgendwo vor. Koltzsch küßte ihre Hände, küßte sich an einem Unterarm gierig bis zur Schulter hinauf. Man sollte in solchen Gebäuden keine kurzärmeligen

Blusen tragen! Er legte sein Bartgesicht an ihren Hals und leckte ihr an Hals und Kinn herum. Weiter reichte er nicht. Sing, dachte sie, sing ganz laut, sing das Lied, das Papa mit dir und deiner Schwester gesungen hat, jetzt sing doch, bevor es zu spät ist, sing, brüll: Je te tiens, tu me tiens par la barbichette, le premier de nous deux qui rira, aura une tapette. Es schüttelte sie. Er merkte es nicht. Er keuchte, redete, als sei er in Lebensgefahr oder als erlebe er durch Ellen gerade die Rettung aus einer Lebensgefahr. Sein gekeuchter Text lief darauf hinaus, daß er nicht wert sei, von Ellen gerettet zu werden, und nicht nur gerettet, erhöht, ausgezeichnet, ja, eigentlich geadelt. Der Unterschied zwischen Ellen und ihm sei so kraß, daß das, was zwischen Ellen und ihm passiere, obszön genannt werden müsse. Oh doch, im Augenblick sei das noch obszön. Nicht für alle Zeit obszön. Wenn er erst sprachverantwortlich für Deutschland sei – und das sei keine Utopie, sondern, dank der Pläne des Prinzen, die nur er, Koltzsch, kenne, kalkulierte Aussicht –, wenn er eine kritische Instanz sondergleichen kreiert habe, dann wäre eine hochschöne Ellen an seiner Seite eine ganz verhältnismäßige Erscheinung. Heute obszön. Klaro. Nichts als obszön. Das aber gerade sei das Erregende, das ihn förmlich Zerreißende. Der Grad der Obszönität bestimme den Grad der Erregung. Geben wir nach, flüsterte er. Sich wehren, könnte gefährlich werden. Für uns beide. Her mit Ihnen, sagte er und ging dazu über, einen Geschlechtsverkehr zu organisieren, den

sie in der klassischen Büroform, auf der Schreibtischkante sitzend, in Kauf nehmen sollte. Er ließ sie bei allem, was er tat, nicht aus seinem Blick. Blanke Brutalität und elende Unterwürfigkeit –, das war dieser Blick. Dieser Blick drückte aus: Es gibt keine Gegenwehr. Sie spürte, wie Angst und Mitleid in ihr zu einer Empfindung wurden. Er condomisierte sich. Ohne hinzusehen. Sie nahm es auch nur wahr. Sie war ihm dankbar für diese taktvolle Maßnahme. Aber wahrscheinlich tat er das nicht ihr, sondern sich zuliebe. Aidshysterisch war er also auch noch. Jetzt mußte sie nur noch dafür sorgen, daß es zu keinem Kuß kam; und dafür, daß das Unvermeidliche so rotekreuzhaft glimpflich wie möglich ablief. Zum Glück erreichte er sie gar nicht ganz. Sie war noch nie so einverstanden gewesen mit ihrer Körpergröße wie in diesen Minuten. Und je weniger er sie erreichte, um so wilder führte er sich auf. Jetzt mußte sie für Fortschritt sorgen. Dem etwas gesagt, was ihn vollends kippte! Spuck, Junge, spuck, dachte sie und sagte ein paar von den Floskeln auf, die bei Männern als Beschleuniger wirken.
Sobald er sein Zeug los hatte, war sie mit ihm wieder per Sie. Er ließ es sich gefallen. Sie müsse jetzt gehen, sei verabredet, den Artikel habe er, also...
Bitte, bitte, nicht so gemein, sagte er. Nicht so kaltblütig, bitte. Sie wollte sagen: Wir sind quitt. Schaffte es nicht. Er tat ihr leid. Aber es schüttelte sie. Sie sagte: Ein anderes Mal. Dann mußte sie aber rennen. Sollte er ihr Zimmer aufräumen, verwüsten, denunzieren, sie

mußte hinaus. Sie wollte nicht in Koltzschs Gegenwart heulen. Und heulen mußte sie jetzt. Wenn er sie heulen sähe, würde er sie streicheln, dann müßte sie erst recht heulen, er würde noch heftiger streicheln, sie noch heftiger heulen.

Zum Glück rannte Koltzsch ihr nicht nach. In der Tiefgarage kam ihr noch die Frau des Hausmeisters entgegen. Bloß jetzt kein Feierabendgeplauder. Eile demonstriert! Wie spät ist es? rief Ellen in nicht gespielter Atemnot. Die Frau rief in einer Art fröhlicher Verzweiflung, weil sie sah, wie wichtig für Ellen jetzt die Uhrzeit wäre: Mei, Sie, dees wann i wissat. So ein schöner Konjunktiv, dachte Ellen und war einen Augenblick lang glücklich. Aber im Auto mußte sie sofort weinen. Nicht nur heulen. Wütend weinen mußte sie. Sie fuhr hastig hinauf, die Schranke hob sich viel zu langsam; erst als sich Ellen in die Kolonne auf dem Mittleren Ring gedrängt hatte, wurde sie ruhiger. Entkommen. Koltzsch mußte, bevor er ihr nachfahren konnte, zuerst in die Osterwaldstraße hinüber und den im ehemaligen Loden-Frey-Komplex untergebrachten Texterfassern den Text abliefern. Aber selbst wenn er, pflichtvergessen, ihr sofort nachführe, bis er auf den Ring käme, wären hundert Autos zwischen ihm und ihr, und an Überholen war nicht zu denken. Man fuhr Kolonne. Aber nicht ruhig. Andauernd zuckte und ruckte wieder einer, der das langsame Fahren nicht mehr ertrug. Auch Ellen hatte das Gefühl, daß sie tief innen zittere. Das Licht tat ihr in den Augen weh. München gleißt. Wenn Koltzsch Motorradfahrer ist? Nein, rief Ellen aufweinend. Zuzutrauen wäre dem das. Von jetzt an musterte sie jeden Motorradfahrer, der zwischen den Autoreihen durchglitt. Kam ein Helm mit Bart, krampfte sich in ihr alles zusammen. Hoffentlich kam dieser Verkehr nicht vollends zum Stillstand. Das würden die, die da noch fuhren, nicht aushalten. Die fuhren alle, als kämen sie aus Ellens Büro. Von der Schreibtischkante. Von Koltzsch. Die flohen alle. Oder verfolgten Fliehende. Es gab nur noch Verfolger und Verfolgte. Es gab keine Geduld mehr. Keine Frist. Die Abstände zwischen den Autos wurden immer kleiner, die Gesten der Fahrer immer jäher, die Gesichter wütender. Sie mußte sich andauernd vorwärtsdrängen, obwohl es nichts nützte. Ellen mußte hinaus aus der Stadt. Sofort. Das mußte sie allen mitteilen. Alle mußten sofort hinaus aus der Stadt. Das mußten alle allen mitteilen. Ellen hatte sich auf die linke Spur gedrängt. Die hinter ihr glaubten wohl, sie dränge jetzt nicht mehr hart genug. Sie demonstrierte durch wiederholtes Dichtauffahren und Bremsen, daß sie dränge, so gut es gehe. Daß es überhaupt nichts nütze, sei nicht ihre Schuld. München gleißt. Es ist der Föhn. Ein Riesenschwarm gefangener Wespen. Mein Gott, rief Ellen, mein Gott. Sobald ein Helm mit Bart auftauchte, gab sie Gas und bremste sofort wieder. Bäume und Büsche entlang der Straße bogen sich im Sturm. Das sah aus, als seien sie wütend über diese Automasse, die nicht vorankam, die sich bewegte wie

in einem zähen Teig. Endlich, endlich die Autobahn.
Die erste Parkbucht, die sich bot, nahm sie. Sie mußte
weinen. Sie kurbelte die Scheiben herab. Der warme
Wind fuhr durchs Auto. Sie mußte weinen. In dieser
grünen Bucht bleiben und weinen. Sie weinte, dachte
aber: So heftig weinen ist nicht nötig. Wein doch nicht
so! dachte sie. Warum weinte sie so heftig? So wütend?
Das ist das Komische, sobald man weint, hat man das
Gefühl, jetzt täusche man nichts mehr vor. Sobald du
weinst, spürst du, jetzt reagierst du auf die Welt, wie es
sich gehört. Angemessen. Verhältnismäßig. Sie würde
weinen, bis sie unter der Dusche stünde!
Jetzt, da sie sich ergab, da sie einfach weinte, jetzt erst
spürte sie, wie entsetzlich das gewesen war, was sie in
ihrem Büro erlebt hatte. Die Vorstellung, daß sie je
wieder in dieses Büro gehen müsse, vermehrte ihr Weinen. Es schüttelte sie. Sie mußte sich sagen, daß sie nie
nie nie mehr in dieses Büro zurückkehren werde. Das
wirkte besänftigend. Sie konnte wieder durchatmen.
Nie wieder! Als sie dann weiterfahren konnte, sah sie,
daß der Sturm Scheibe und Kühlerblech ihres Autos
mit Blättern und Blüten gemustert hatte. Ihr Auto
blühte förmlich mit rosaroten Kastanienblüten. Sollte
sie sich geschmückt vorkommen? Zur Heimkehr geschmückt? Sie mußte weinen. Schon wieder. Als ob es
sich nicht mehr lohne, den Frühling zu empfinden.
Das Schöne ruft nur den Schmerz aus. Was erscheint,
zeigt seinen Preis.

Sylvi

Die Blütenblätter trieben an Sylvi vorbei wie farbiger Schnee. Rundum bogen sich blühende Büsche und Bäume. Sylvi dachte an eine Braut, die in einen Sturm gerät. Die fette Rosapracht der Japanischen Kirsche und der Kastanien wirbelte in hellen Haufen durch die Luft. Den beiden Magnolienbäumen legte der Sturm ihr schweres Weiß als runde Teppiche hin.

Sylvi war, als das Telephon sich meldete, schon im Freien. Sie hätte den edel wiehernden Laut, den das Telephon neuerdings gab, überhören können. Wasser und Bäume rauschten laut genug. Sie hätte sich für entschuldigt halten dürfen. Sie mußte aufs Brett. Windstärke fünf bis sechs. Hier selten genug. Morgen der Starnberger See-Marathon. Wenn es morgen so bläst – und wahrscheinlich bläst es morgen so –, will sie die Marathon-Trophy. Sie ist kein Fliegengewicht. Bei Starkwind steigen ihre Chancen. Die Nordsee hat sie's gelehrt. Seit dem ist sie sich nicht mehr zu groß. Endlich kann sie etwas anfangen mit ihrer Größe. Das Race-Wave-Slalom-Camp in St. Peter-Ording war ihr Durchbruch zu sich selbst. Als sie nach den Osterferien heimkam von der Surfakademie, hat sie gewußt, daß die Soul Surferei endgültig vorbei ist. Sie wird nicht mehr auf dem Brett stehen und als blondes Gedicht übers Postkartenwasser gleiten. Sie hat jetzt einen Appetit auf Erfolg. Nein, das ist ein Hunger. Ein

Heißhunger auf Sieg ist das. Von jetzt an wird sie Anita Helm, ihrer Hauptkonkurrentin, die hintere Fußschleife zeigen. Überhaupt allen. Eine ihrer Angebeteten aus den World Cup Top Ten – war es Jutta Müller oder Britt Dunkerbeck oder Nathalie Siebel? – hat gesagt: Auf dem Wasser kenn ich keine Freunde. Genau ihr Gefühl. Dieses Jahr im Raceboard-Cup unter die ersten zehn. Eigentlich unter die ersten fünf. Bei der Mistral Euro in Makkum mindestens Dritte. Oder Zweite. Oder Erste. No risk no fun! Im Oktober Mistral Weltmeisterschaften auf Sizilien. In zwei Jahren düst sie unter die Top Ten. In dieser Saison keine Frühstarts mehr. Keine geschmissene Halse. Sie wird sich nichts mehr durch Nerven verderben. Wie letztes Jahr beim Bavaria-Cup. In letzter Sekunde in Lee an Anita Helm vorbei. Wollte sie. Mußte sie. Das war ein solcher Zwang. Direkt eine Gier. Dann rammt sie die Ankerkette der Zielboje, wird mit krassem Schleudersturz ins Wasser katapultiert. Aus.

Der Sturm führte Trompetentöne mit. Arthur übte. Arthur teilte so mit, daß er eingetroffen sei, das Wochenende könne beginnen, Sylvi solle ihn, bitte, sofort anrufen. Oder – noch besser – hinüberkommen. Arthurs Eltern massierten in verschiedenen Sanatorien. Dafür, daß sie das Anwesen für die selten auftauchende Besitzerin versorgten, durften sie im Dachstock der Villa Rovan wohnen; mit eigenem Eingang. Wenn Arthur, am offenen Fenster stehend, blies, würde er Sylvi auf dem Surfbrett sehen. Wenn sie ihn anrief, bevor sie ihr Training absolviert hatte, war der Nachmittag hin. Arthur verlor beim Fummeln, das er mit einer Art ihn selbst entrückender Andacht betrieb, jedes Zeitgefühl. Eigentlich störte es Sylvi, daß er, wenn er an ihr herumgriff, immer die Augen schloß. So, als höre er dann besser, was seine Hände erlebten. Arthur war wirklich ein Musiker.

Sylvi ging ins Haus zurück. Gerade weil das Telephon so ohnmächtig war gegen Maisturm und Trompete, mußte sie zurück. Und überhaupt: Telephon, das war etwas wie Hoffnung oder Zukunft oder Erlösung. Sie konnte es sich nicht leisten, einen Telephonanruf zu überhören. Ihr Bruder im Schaukelstuhl würde das Telephon, ohne sich zu rühren, genauso zehn- wie hundertmal klingeln lassen. Alf tat ihr leid, und sie bewunderte ihn. Der hatte das durchgesetzt, daß mit ihm nicht zu rechnen war. Wenn er seine Starre hatte, saß er tagelang so. Er hatte gerade wieder seine Starre. Sylvi nannte das so. Genauere Diagnosen gab es nicht. Alf bestand darauf, nicht krank zu sein. Ich bin, wie ihr mich gemacht habt, sagte er, wenn die Eltern seinen Zustand beklagten und ihn anflehten, etwas dagegen zu tun. Eigentlich flehte nur noch die Mutter. Der Vater hatte sich offenbar damit abgefunden, daß Alf sein Leben im Haus, vielleicht sogar im Schaukelstuhl verbringen werde. Die Mutter nicht. Sie kämpfte. Täglich. Stündlich. So oft sie eben im Haus war. Der Vater fing nachmittags an zu trinken. Angeblich trank er nie vor fünf. Sylvi glaubte ihm das nicht. Ihr kam er jetzt immer alkoholisiert vor. Der Vater würde, wenn er es hörte, sicher ans Telephon gehen. Aber eben das mußte man verhindern. Sylvi hoffte immer noch, den Zustand ihres Vaters verheimlichen zu können. Auch vor sich selbst. Aber heute war der Vater gar nicht im Haus. Die Mutter hatte darauf bestanden, daß er das Haus verlasse, bevor sie mit Ernest Müller-Ernst eintraf. Sylvi zuliebe gehe er, hatte der Vater gesagt. Ihm mache das überhaupt nichts aus, daß die Mutter ihren Freund ins Haus bringe. Sylvi wußte, daß das nicht wahr war. Nicht wahr sein konnte.

Es war die Mutter, die anrief. Sie konnte kaum sprechen vor Aufregung. Wenn sie zornig war, wenn sie ihre Wut herausschreien wollte, versagte immer ihre Stimme. Es blieb nichts als ein hohes, nur noch ein bißchen piepsendes Stimmchen, das bei jedem Wort in eine Tonhöhe am Rand der Unhörbarkeit rutschte. Dafür wurde sie aber tiefrot im Gesicht. Sylvi hörte am Ton, daß die Mutter tiefrot war im Gesicht. Und jetzt auch noch ihr alljährlicher Frühlingsschnupfen. EME sei schon unterwegs, keuchte sie mehr, als sie sagte. Sie habe ihn nicht mehr erreicht, EME könne jeden Augenblick dort eintreffen, Sylvi solle EME, bitte, hereinlassen, Sylvi solle dafür sorgen, daß EME nicht von Casti und Poldi zerrissen werde, sie komme später, zwei Stunden später, eine Katastrophe, in der Redaktion, ein Artikel, unfreiwillig antisemitisch geraten, muß ausbalanciert werden, der Prinz habe sie verdonnert, vorher darf sie den DAS-Turm nicht verlassen, sie kann sich doch auf Sylvi verlassen, oder?!

Sylvi versprach alles, was sie versprechen sollte, und legte auf. Schnupfenschnepfe, dachte sie. Wie immer, dachte sie. Antisemitismus! Was geht sie Antisemitismus an! Typisch Mama! Alles, was sie einem aufhalst, wird immer mit solchen Einschüchterungsladungen ausgestattet. Papas Herzkranzgefäße, Alfs Nervenlage, Mamas Karriere, Antisemitismus. Daß sie morgen Regatta hat, interessiert keinen. Daß sie Angst hat vor dieser Regatta, will keiner wissen. Vor dem Start, diese tobende Leere im Kopf. Wehr dich nicht gegen diese Angst. Der WSC-Trainer: Ohne Angst läuft nichts.Ist diese Angst nicht ein tolles Gefühl? Ist diese sie ganz und gar durchdringende Angst nicht das ihr liebste Gefühl überhaupt? Sie spürt sich durch diese Angst wie nie sonst. Warm, weich, schwach, stark, gierig. Sie muß in dieser Saison über Bayern hinauskommen, sonst kann sie's stecken. Und dann? Zurück zum Klavier? Daß sie dann im Schaukelstuhl ende wie Alf. Sie haßt Klavier. Das Surfbrett haßt sie noch nicht. Die Schule haßt sie. Die Schule ist ein hochorganisiertes System, dazu da, ihr nachzuweisen, daß sie nicht kann, was sie vorgibt zu können. Die Schule ist konstruiert zu ihrer, Sylvis, Entlarvung. Möglichst spektakulär, so blamabel wie möglich soll diese Entlarvung stattfinden. Auf diesen Augenblick steuert alles zu. Dem wird sie entkommen. Auf dem Surfbrett. Hinter dem Horizont winkt Maui Hawaii, der O'Neill-Worldcup, der Front Loop, den bis jetzt überhaupt nur zwei Frauen springen, Britt Dunkerbeck und Nathalie Siebel. Dann die erste deutsche Overall Queen im Worldcup. Wer was über sie wissen will, lese den Sportteil. Basta. Du spinnst wieder, dachte sie, hör, bitte, nicht auf zu spinnen!

Sylvi tippte mit einer Fußspitze auf eine der Schaukelstuhlkufen, Alf brachte den Stuhl sofort wieder zum Stillstand.

Bist du wahnsinnig, sagte er.

Alf sagte immer Sätze, die, nach Form und Inhalt, eigentlich herausgeschrieen gehören, fast unhörbar leise. Sein Blick war schon wieder starr nach oben gerichtet, als müsse er die Balkendecke studieren und dürfe dabei überhaupt nicht gestört werden. Dabei hing er im Stuhl wie ein Behinderter. Er wirkte knochenlos. Sylvi schilderte ihm die Lage. Wenn sie beim Starnberger See-Marathon nicht unter den ersten fünf sei, sei der Sommer für sie verloren. Dieses Jahr zum ersten Mal eine Chance, in die Welt hinauszukommen! Anscheinend hörte Alf gar nicht zu.

Sylvi sagte: Spiel nicht den späten Beethoven, ich weiß, daß du jedes Wort hörst. Du bist schließlich der studierte Musiker. Ausgerutscht zwar, aber... Entschuldige, Alf, jetzt fange ich auch schon an, Pointen nach Papas Art zu schinden. Ich geh jetzt trainieren. Der Herr über elf Fabriken und dreizehntausend Menschen kann jeden Augenblick eintreffen, Mama kommt später. Sie findet, du machst dich nicht so gut in deinem Stuhl. Also rauf in dein Zimmer. Alf, wenn du ein einziges Mal mit mir sprechen würdest, würde ich auch mit dir sprechen. Entschuldige. Wir reden alle nur auf dich ein.

Quatsch, sagte Alf, du störst, das ist alles.

Ach Alf, sagte Sylvi. Warum bemühst du dich nicht einmal hinunter ans Ufer, kuckst, was ich vielleicht gelernt habe im Race-Wave-Slalom-Camp in St. Peter-Ording, an der wilden wunderbaren Nordsee, die mir zugerauscht hat, ich sei gar nicht zu groß. Ihr habt mir das beigebracht, bei einsvierundsiebzig beginnt das Monster. Nur weil ihr, du und Papa, Zwerge seid. Die Nordsee sagt: Einsvierundsiebzig ist das schönste Maß für die Starkwindsurferin! Du hättest mich sehen sollen, wie ich über die Flachwasserpisten glühte. Glühen, sagt dir nichts. Wir haben auch eine Sprache. Allegro con fuoco heißt bei uns: Wir glühen davon. Bei Andante con moto heizen wir davon. Es tut mir leid, Alf, daß du so im Stuhl hängst, ehrlich. Es gibt auch Wellenreiten, wenn dir Windsurfing nicht liegt. Aber Wellenreiten, Alf ... auf dem Brett ... du hältst dich einfach fest und stehst erst auf, wenn du mitgenommen wirst. Alf, das würde dir liegen. Die Welle gibt dir die Kraft. Erst aufstehen, wenn du mitgenommen wirst...

Jetzt sah sie durch die Glastüre ihren Vater die Treppe herunterkommen. Wie immer um diese Tageszeit hatte er das Glas in der Hand. Das Glas war immer etwas mehr als halbvoll. Sylvi erschrak. Sobald er in der Halle war, rief Sylvi: Dir würde ich dringend raten, das Weite zu suchen.

Der Vater: Aber wo finde ich das?

Sylvi: Dem Autor der berüchtigten FEIGLINGS-Trilogie dürfte das nicht schwerfallen. Entschuldige, Pachen, jetzt mache ich auch schon Witze über dich. Du hast versprochen, heute nachmittag zu verreisen. Mama verspätet sich. Dieser Herr wird also vor Mama hier eintreffen. Papa!

Der Vater sagte: FEIGLING-Trilogie, Kind. Ohne s. Ich sehe an deinem Gesicht, daß du für diesen Unterschied nicht zu erschließen bist. Ich sage jetzt nicht, das komme vom Surfen...

Aber du denkst es, sagte Sylvi.

Entschuldige, Sylvchen. Wenn man auch die, die man liebt, nur noch verletzen kann... Er griff sich mit der freien Hand an den Hals, als wolle er sich erwürgen. Andererseits, sagte er, wen soll man denn verletzen, wenn nicht die, die man liebt.

Nicht schlau sein, gehen, sagte Sylvi.

Heute bläst Arthur besonders traurig, sagte der Vater.

Er will mich zwingen, ihn anzurufen, sagte Sylvi. Aber sie müsse jetzt aufs Wasser. Alf müsse EME hereinlassen. Sie aber könne erst auf's Wasser, wenn sie wisse, daß der Vater aus dem Haus sei. Daß er hier mit EME zusammentreffe, ertrage sie nicht. Ach ja, sagte der Vater, EME! Der kommt heute mit deiner Mutter.

Du in deiner zweifelsüchtigen Art wirst es nicht glauben, aber ich sage dir, warum der jetzt plötzlich ins Haus kommt. Der dritte Band der FEIGLING-Trilogie! Er hat den FEIGLING gelesen. Jetzt will er mit mir darüber sprechen. Bitte, mit deiner Mutter kann er überall sprechen, in München, Zürich und Madrid. Mit mir kann er nur hier sprechen. Und hierher kommt er. Die Ingenieur-Figur im FEIGLING, eine Radikalisierung der Ingenieurfigur im ROHLING, die zieht ihn an. Darum kommt er. Sylvchen, hast du den FEIGLING gelesen?

Ich bin auf Seite 146, sagte Sylvi. Also über die Hälfte hinaus, sagte der Vater. Na ja, da könne Sylvi noch nicht ermessen, wie sehr ein Herr Müller-Ernst von der Ingenieur-Figur fasziniert sein könnte. Könnte, nicht müßte. Müller-Ernst ist selber Ingenieur, Erfinder. Ich habe ihm im ROHLING und im FEIGLING in der Figur des Ingenieurs ein Denkmal gesetzt. Im SCHWÄCHLING kommt er noch gar nicht vor, aber im zweiten Band schon. Immerhin, Sylvi, ein in zwei Romanen sich allmählich entwickelndes Denkmal. Das bekommt auch ein Herr Dr. mult. h. c. Müller-Ernst nicht jeden Tag.

Ein Denkmal! Daß sich der Vater nicht genierte! Dem, der ihm die Frau weggenommen hat, setzt er ein Denkmal! Nichts war ihr beim Lesen peinlicher gewesen als das. Der Vater will sich einschmeicheln bei seinem Rivalen. Er verspottet sich zwar dafür, daß er das tut, aber er tut es. Aber das war ja überhaupt die Misere dieses Vaters, daß er sich alles erlaubt, weil er sich dann dafür verspottet.

Alf sagte: Könnt ihr euer Geplauder ein wenig wegverlegen von meinen Ohren?

Der Musiker, sagte der Vater, siehst du, was ich immer behaupte, Alf ist...

Schlußschlußschluß, sofort, sagte Alf noch leiser, als er gewöhnlich sprach.

Geh jetzt, Papa, sagte Sylvi, bitte.

Gut, sagte der Vater, dann also zu Arthur hinüber. Du hast doch gesagt, Arthur habe den dritten Band schon ausgelesen...

Angefangen, habe ich gesagt, rief Sylvi. Und nicht den dritten Band, sondern den zweiten. Erst nach der Prüfung kommt er dazu...

Gutgut, sagte der Vater. Arthur ist Künstler durch und durch. Wenn Arthur den zweiten Band angefangen hat, ergeben sich Fragen zum ersten. Wer den ROHLING anfängt, sieht zurück auf den SCHWÄCHLING. Das ist, wie wenn du auf die Zugspitze gehst, dann siehst du erst...

Papa, Schluß, sagte Sylvi. Arthur, das sei zu nah, Papa müsse heute weiter weg.

Der Vater: Wie weit, Sylvchen?

Sylvi konnte sich, weil der Vater ihr in seinem vom Alkohol aufgeweichten Schmunzeln und Lächeln allmählich unerreichbar vorkam, nicht mehr beherrschen. So weit, daß man den Alkohol nicht mehr riecht, rief, ja schrie sie. Im Gegensatz zu Alf verfiel sie, auch wenn sie es gar nicht wollte, immer viel zu früh ins Schreien.

Der Vater: Es gibt Weine, Kind, dagegen ist jede menschliche Gesellschaft Barbarei. Bar-ba-rei. Das könntest du mir glauben, Sylvi.

Ich glaub's dir, Sylvio, sagte sie und zog ihn an sich und ging mit ihm zur Tür.

Wenn Herr Müller-Ernst jetzt ins Haus käme und ihrem Vater die Hand gäbe, ihm vielleicht anerkennend oder tröstend oder aufmunternd auf die Schulter klopfte, müßte sie laut schreien, nichts als schreien, bis entweder der Vater oder dieser EME verschwände.

An der Tür sträubte sich der Vater noch einmal, drehte sich zu Sylvi und sagte so gemütlich, wie er alles sagte: Das Leben ist ein Western, Kind.

So langweilig, sagte Sylvi, sei das Leben Gott sei Dank nicht.

Das Leben ist ein Western, sagte der Vater. Hat Arthur überhaupt alle drei Bände?

Von dir, mit Widmung. Aber du mußt ihm Zeit lassen. Er will alle drei Bände lesen. Aber erst nach der Prüfung. Das versteht man doch, oder?

Aber Sylvi! Jetzt machte der Vater einen richtigen Kußmund, dann trank er sein Burgunderglas vollends aus und sagte schwebend leicht: Ich bin dein Vater! Und dein Vater rennt wohl nicht hinüber und reißt die Tür auf und ruft: Wie finden Sie die FEIGLING-Trilogie, deren dritter Band in der vergangenen Woche endlichendlich erschienen ist. Das weiß meine Sylvi, daß ihr Sylvio nicht zu den Schriftstellern gehört, die verlangen, daß ununterbrochen über ihre Bücher gesprochen wird.

Ununterbrochen nicht, sagte Sylvi.

Sylvi, sagte er.

Sylvio, sagte sie und zeigte ihm mit dem Zeigefinger den Weg.

Ihr zuliebe tue er doch alles, sagte er.

Dann hau jetzt, bitte, ab, sagte sie. Ob er nicht sehe, daß sie sterbe vor Angst...

Moment, Sylvi, sagte er, nur das noch: Herr Ernest Müller-Ernst ist für mich in erster Linie ein kluger Zeitgenosse, in zweiter Linie der Freund deiner Mutter und erst dann der Freund meiner Frau...

Raus, brüllte sie.

Und paß mir auf, sagte er immer noch gleich gemütlich, daß die Wellen dich nicht begraben. Sie kommen heute wild genug daher.

Und ging durch die Schwingtür hinaus. Er ging wie ein Tänzer, der einen darstellen will, der Schwierigkeiten hat mit dem Gleichgewicht.

Jetzt zu dir, Brüderchen, sagte Sylvi. Und prallte ab an der Abwesenheitsdemonstration ihres Bruders. Mein Gott, rief sie in die Halle, warum ich... was geht das mich an... ich lande morgen auf dem zwanzigsten Platz, wenn ich nicht trainiere. Ich war mit dem Monofilm-Segel bis jetzt erst zweimal auf dem Brett, Alf! Das begreifst du doch, oder? Und morgen die Marathon-Trophy! Alf, du öffnest, wenn es läutet, und paßt auf, daß Casti und Poldi EME nicht zerreißen. Mama nähm's nämlich übel.

In diesem Augenblick verstummte die Trompete. Sylvi sagte: Wenigstens das.

Alf sagte, ohne seine Schwester anzuschauen: Haydn, Es-Dur. So schön habe ich das noch nie gehört.

Als sie ihn noch einmal bat, Herrn Müller-Ernst hereinzulassen, sagte er, er sei kein Bordellportier. Als sie ihren Bruder wissen lassen wollte, daß sie es auch entsetzlich finde, den Liebhaber der Mutter hier zu empfangen, sagte Alf, sie sei sentimental. Ob ihm Papa nicht leidtue, fragte sie. Alf kicherte. Der triefäugige Kitschier, mir leidtun, du spinnst wohl.

Sylvi erschrak, sagte aber, dann könne Alf doch wirklich EME hereinlassen. Da läutete es. Sylvi wußte, daß Alf seinen Stuhl nicht verlassen würde, also ging sie hinaus, sperrte die Hunde in den Zwinger und öffnete das Hoftor, daß EME hereinfahren konnte.

Herr Müller-Ernst stieg aus seinem riesigen Auto. Eine ihr unbekannte Marke. Englisch, dachte sie. Casti und Poldi hatten sich im Zwinger aufgerichtet und bellten so laut, daß Sylvi nicht verstand, was Herr Müller-Ernst zur Begrüßung sagte. Der Wind löste ihm die paar langen Haarsträhnen von der Glatze, über die Herr Müller-Ernst sie sorgfältig gebreitet hatte. Senkrecht in der Luft züngelten die farblosen Strähnen. Und der Seidenanzug blähte sich, daß Herr Müller-Ernst aussah wie aufgepumpt. Das tat Sylvi gut, stimmte sie freundlich. Aber trotz der Komik, die der Föhnsturm diesem Herrn antat, fühlte sie sich beeindruckt. Die Augen, der Mund – ein Gegensatz. Die Augen sorgten für eine Stimmung, die der Mund störte, zerstörte sogar. Die Augen –, so war er gedacht. Der Mund –, das ist geworden aus ihm. Sylvi machte eine einladende Bewegung. Weg vom Zwinger. Auf das Haus zu. Aber nicht ins Haus hinein. Links am Haus vorbei. Sie wollte nicht, daß der Alf sähe. Sie wollte aber auch nicht vorausgehen. Sie fürchtete, sie sehe von hinten zu groß aus, eigentlich riesig. Sie war sich immer zu groß. Auf dem Land. Auf jeden Fall sollte der nicht hinter ihr hergehen. Sie erinnerte sich zu genau an einen Satz dieses Herrn. Ihre Mutter hatte ihr diesen Satz überbracht.

Gerade als sie nach links abbiegen wollten, ging die Haustür auf, und heraustrat ihr Vater. Sylvi rief entsetzt: Papa! Wenigstens das Weinglas hatte er nicht mehr in der Hand. Er kam die drei Stufen herunter, Sylvi konnte das Aufeinandertreffen der beiden Herrn nicht mehr verhindern. Ihr war, als habe sie hohes Fieber. Sie hätte am liebsten gerufen: Dein Mund! Daß er auch jetzt seine Lippen zu diesem Kußmündchen zusammenschob! Und die Lächelfältchen! Und diese großen Ohren! Ihr kam vor, die Ohren ihres Vaters seien noch nie so groß gewesen. Und noch nie so rot. Und die Rotweinnase, so rot wie noch nie. Die gleißte im Föhnlicht so, daß Sylvi sich sagte, sie hätte das voraussehen und ihrem Vater vorher Puder anbieten müs-

sen. Und wie er dem Gast beide Händchen entgegen-
streckte.

Herr Müller-Ernst, rief er, das freut uns aber, daß Sie
einmal herausgefunden haben zu uns. Nicht wahr,
Sylvchen, das freut uns! Und so ein Tag! Da, schauen
Sie, wie der Wind durchs Grün fuhrwerkt! Der Tag
wird immer blanker. Der Föhn putzt und poliert ihn,
bis er am Abend nur noch grell ist.

Hör doch auf, dachte Sylvi. Deine Nase, Mensch!

Sie werden's erleben, rief der Vater. Ihr in der Stadt
drin kennt das Wetter ja nur durch den Wetterbericht.
Wir heißen Sie willkommen, Herr Müller-Ernst. Ich
habe gedichtet heute morgen, gleich als ich raustrat auf
die Altane, von meinen Buchen grün umflammt. Am
31. Mai dichte ich immer. Sonst schreibe ich nur. Aber
der letzte Maitag tut immer so weh, da muß ich dich-
ten. Und bei Föhn sowieso. Hören Sie nur:

Umlaute bei Föhn.

> Süße ström herab ins Grüne,
> glühe bis zum Abend, blühe
> morgen wieder in den Gärten,
> bis wir deine Feuer aus-
> getrunken haben und erlöschen.

Hab ich etwas Falsches gesagt, Sylvchen? Sylvchen ist
mein kritisches Element schlechthin. Mach ich etwas
falsch, leidet sie gleich so sichtbar, daß ich's merke.
Wir sind ein neurosymbiotisches Team, Sylvchen,
gell!

Umbringen hätte sie diesen Vater können. Diesem Seidenzweireiher Gedichtetes vortragen! Und nicht merken, daß der sofort das echte Zahnwehgesicht kriegt. Und dann ein Sylvchen-Sylvchen nach dem anderen, Herr Rotohr-Großohr. Damit wies er doch auf nichts hin als auf ihre Größe. Einsvierundsiebzig, Papa. Ist gleich ein Zentimeter größer als du! Und die ganz genau so große Mutter trägt, egal was die Mode gerade meint, extrem Mini. Sylvi weiß, daß ihr das nicht passieren wird: fünfundfünfzig, einsvierundsiebzig, und dann Mini! Oh Schnupfenschnepfe!

Das Händeschütteln war vorbei, der Vater wollte den Gast ins Haus bitten, aber das konnte Sylvi nicht auch noch hinnehmen.

Herr Müller-Ernst habe gebeten, mit an den See zu dürfen. Er wolle ihr zuschauen beim Training. Überhaupt verbringe er die Zeit bis zum Tee lieber drunten am Ufer als im Haus.

Das stimmt sogar, sagte Herr Müller-Ernst. Obwohl das schon von außen ein so ergreifend schönes Holzhaus ist, daß man auch mal hinein möchte.

Ja, sagte der Vater, ein Isartaler Holzhaus, ins Großzügige variiert von einem ehedem königlich bayerischen Forstmeister, der im Forstamt anno dreiunddreißig die bayerische statt der NS-Fahne hißte, also dahin zurückging, von wo sein Vater hergekommen war, zu den Flößern nämlich . Und mein Großvater war er auch.

EME wunderte sich. Er habe gehört, der Großvater sei der berühmte französische Schauspieler Le Chok gewesen. Mütterlicherseits, sagte der Vater, aber kein Franzose, reiner Bayer, Tegernseer Volksschauspieler, der natürliche Sohn des Freiherrn von Kochel, und diese Herkunft feierte er durch Namensumdrehung: Le Chok.

Das reicht fürs erste, sagte Sylvi, weil sie wußte, in der nächsten Runde käme Vaters Förstergroßvater dran, mit seinem epochemachenden Aufsatz über die Flugbedingungen der Kiefernbuschhornblattwespe. Gehen wir, sagte sie deutlich nur zu Herrn Müller-Ernst. Zum Vater hin: Laß dich nicht aufhalten, Papa. Und ging auf dem Plattenweg, der am Haus entlang zum Ufer führte. Er habe noch ein Minuterl Zeit, sagte der Vater, es käme ihm unhöflich vor, einen so raren Gast, kaum daß man ihn begrüßt habe, schon wieder zu verabschieden. Sylvi blieb stehen, erinnerte den Vater an die wichtige Verabredung in Starnberg. Der Vater sagte, er verstehe, daß sie versuche, ihn mit erfundenen Verabredungen loszuwerden, bloß um dann Herrn Müller-Ernst ganz für sich zu haben. Aber sie könne doch aufs Wasser, könne trainieren, er werde mit dem Gast, ohne ihn vom Zuschauen abzulenken, ein bißchen plaudern. Für ihn gebe es nichts Schöneres als Sylvi auf dem Surf-Brett. Ach Sylvi, wenn ich droben auf meiner Altane sitze! Dein rotes Segel überm Buchengrün! Kein Verbum weit und breit.

Spinner, sagte Sylvi.

Gehen wir, sagte der Vater und hielt Herrn Müller-Ernst sein gefälteltes Kußmündchen hin.

Bitte, sagte Sylvi so böse als möglich und rannte mehr als sie ging den Plattenweg hinab. Sie wollte nicht mehr zuschauen. Sollten die einander streicheln oder umbringen –, sie ging's nichts mehr an. Der Vater tat ihr schon fast nicht mehr leid. So würdelos, so lächerlich war er ihr noch nie vorgekommen. Aber helfen konnte sie ihm jetzt nicht mehr. Noch bevor sie die Gartentür erreicht hatte, um den öffentlichen Uferweg zu überqueren und drüben ins familieneigene Ufergrundstück zu kommen, hörte sie einen Schmerzschrei. Die Stimme des Vaters. Sie rannte zurück. Er lag auf dem Plattenweg, konnte offensichtlich nicht mehr aufstehen. Wie ein Insekt, ein zu großes. Aber er jammerte, fluchte wie ein Mensch. Verfluchte diese Blätter, diese Blüten, diesen Blütenstaub, diese elende Schmiere. Verfluchte den Föhnsturm, der diesen Blütenstaub auf diese unebenen, sowieso schon ewig rutschigen Granitplatten geschmiert habe. Auf diesen unebenen, ewig rutschigen Granitplatten, auf denen sei schon sein Großvater ausgerutscht, sei seine Mutter ausgerutscht. Zum Glück sei er ausgerutscht und nicht Herr Müller-Ernst. Stell dir vor, Sylvi, unser Gast läge jetzt so da, eine atemraubende Peinlichkeit wäre das. Einem Gast darf bei uns nur Freundliches widerfahren. Das sei ein Satz seines Großvaters gewesen. Und griff in Richtung Fuß und erreichte ihn nicht. Nur in die Luft strecken konnte er den Fuß, nur in die Luft strecken die Hände, die den Fuß bei weitem nicht erreichten. Gebrochen, Sylvchen, sagte er ein wenig sachlicher.

Siehst du, Sylvchen, das habe ich davon, daß ich nicht betrunken bin. Der Betrunkene bricht sich nichts. Nur der Nüchterne fällt so dumm.

Sylvi sagte mehr zu sich als zu den zwei Herren: Das wächst sich zu einem richtigen Pechstag aus, heute.

Unsere Sprachabenteurerin, sagte der Vater. Pechtag, mein Kind, es heißt ja auch nicht Pechsvogel, sondern Pechvogel. Der Vater sagte das in einem ekelhaft verharmlosenden, scheußlich süßlichen Ton.

So, rief, nein, schrie Sylvi, dann heißt es also auch nicht Glückstag, sondern Glücktag, ja?!

Es heißt Glückstag, zirpte der Vater, trotzdem heißt es nicht Pechs-, sondern Pechtag. Wörter sind eben das am wenigsten Uniformierbare überhaupt.

Sylvi kniete jetzt neben dem Vater nieder, schon um ihn endlich zum Schweigen zu bringen. Sie sagte leise zu ihm, aber von ihr aus hätte es auch Herr Müller-Ernst hören können: Wenn du wüßtest, wie furchtbar du bist. Sie stand auf und sagte so teilnahmslos wie möglich: Ich rufe den Krankenwagen.

Herr Müller-Ernst sagte, das sei vielleicht zu früh. Auch warne er davor, sich gleich den Ärzten auszuliefern. Er werde jetzt Herrn Kern zuerst einmal ins Haus tragen. Sylvi schrie auf. Das hieß Nein. Ihr Vater war zwar ein Idiot, ein Alkoholiker, ein Scheusal, ein Egoismusmonster. Aber dieser Zweireiher würde ihren Vater nicht ins Haus tragen. Der nicht! Dann trug sie ihn schon lieber selbst. Aber der Vater schob die Lippen wieder zum Kußmündchen zusammen und lächelte und sagte, von Herrn Müller-Ernst ins Haus getragen zu werden, stelle er sich paradiesisch vor.

Sylvi sagte: Nein!

Sie glaubt, ich schaffe das nicht, sagte Herr Müller-Ernst.

Sie hat Angst, Sie lassen mich fallen, sagte der Vater.

Herr Müller-Ernst beugte sich hinab, sagte, Herr Kern solle ihn um den Hals fassen, und schon hatte er den Vater hochgewuchtet und trug ihn mühelos den Garten hinauf und über die Terrassenstufen ins Haus. Sylvi war, als sie sah, daß sie Herrn Müller-Ernst nicht daran hindern konnte, ihren Vater zu tragen, vorausgerannt, hatte die Türe geöffnet. Auch sollten die nicht sehen, daß sie heulte. Vor Wut. Herr Müller-Ernst legte den Vater vorsichtig auf das Sofa. Sylvi rief zu Alf hinüber, der Vater sei gestürzt. Alf sah kurz herüber, dann sah er wieder zur Decke hinauf, als spiele sich das Wichtigste dort ab.

Sylvi ging zum Telephon, wurde aber durch einen Zuruf von Herrn Müller-Ernst gestoppt. Es sei doch viel sinnvoller, daß er und Sylvi sich zuerst einmal um den Gestürzten kümmerten. Er habe mehr Erfahrung mit Ärzten, als ihm lieb sei. Einmal sei er nach dem Skifahren an der Bar gesessen, plötzlich habe er einen Schmerz in der linken Ferse gespürt, einen so jähen, scharfen Schmerz! Zum ersten Mal habe er begriffen, daß die Formel vom In-die-Luft-Gehen menschlicher Erfahrung entstamme. Dieser Schmerz habe in ihm die Vorstellung produziert, er werde senkrecht in die

Höhe gepfeilt. Gerade daß er den Barkellner noch bitten konnte, sofort einen Arzt zu rufen. Der sei auch,
da das in St. Moritz passiert sei, sofort da gewesen, mit
ihm zwei Krankenwärter und eine Bahre. Der Arzt im
Auto: Das muß ein Achillessehnenriß sein. Und je
schneller man bei Achillessehnenriß operiere, desto
besser. Aber nicht ohne vorheriges Röntgen! Natürlich, ganz klar, nicht ohne vorheriges Röntgen. Dann
kommt der mit dem Bild, deutet auf eine Stelle, sehen
Sie, ein Riß. Herr Müller-Ernst bittet, vor der Opera-
tion noch den Oberarzt zu rufen. Der Oberarzt wird
gerufen, kommt, schaut das Bild an, ist nicht so sicher,
es könnte auch eine Zerrung sein, vielleicht sogar ein
Gichtanfall. Er gibt Herrn Müller-Ernst Mittel für die
nächste Nacht. Die Nacht übersteht er, Müller-Ernst,
schmerzlos. Am nächsten Tag auch kein Schmerz. Er
fährt dreimal den Corvatsch herab, vergißt die Ferse
völlig, erst in Madrid, bei einer Sitzung, wieder dieser
jäh-scharfe, nicht auszuhaltende Schmerz. Wieder
konnte er sich überhaupt nicht mehr rühren. Auch
nicht hinuntergreifen. Einfach nichts mehr...
Sylvi sah, daß der Vater geradezu andächtig zu Herrn
Müller-Ernst aufschaute, als könne er von dieser Erzählung gar nie genug kriegen, als werde ihm schon
durch das Anhören der Müller-Ernstschen Krankengeschichte ungeheuer geholfen. Sylvi entfernte sich
leise, um in der Hausapotheke das Nötige zu holen.
Als sie zurückkam, sagte Herr Müller-Ernst gerade: Es
stellte sich heraus, daß es keine Zerrung war, sondern

ein Muskelkapselabriß. Das bittere Ende einer Tennis-Saison. Er war offenbar schon am Ende einer zweiten oder dritten Krankengeschichte. Sylvi setzte sich so zu Vaters Fuß, daß Herr Müller-Ernst ihr nicht auf die Hände sehen konnte, als sie jetzt den Schuh und die Socke auszog und mit der Behandlung anfing. Sie wollte nicht, daß Herr Müller-Ernst den bloßen Fuß ihres Vaters zu sehen bekomme.

Sie müssen wissen, sagte der Vater, Sylvi war einmal eine große Heilbegabung. Mit dreizehn fing sie plötzlich an, Salben anzurühren. Weißt du noch, Sylvchen, deine Jasminsalbe! Jasminblüten, Bienenwachs, Sonnenblumenöl, Rosenwasser, Zimt und Vanille. So müssen die Gärten der Semiramis geduftet haben. Und war gut gegen alles und für alles. Dann die Lavendelsalbe. Die Löwenzahnsalbe. Ich freute mich schon. Sie schlägt mir nach, will Apothekerin werden. Kaum spreche ich das aus, Schluß. Wie im Märchen. Das falsche Wort. Alles verwirkt. Keine Salbe mehr. Kein Duft. Jetzt die Gitarre. Die Gitarrenepoche war vielleicht die radikalste aller Epochen Sylvis. Sie sprühte kaltes Feuer, sie schlug aus allen Saiten nichts als Distanz. Das Haus des königlich bayerischen Försters hat granadinisch gebebt. Sie hat ja, was sie anfing, immer angefangen, als sei's das einzige und für immer, als sei sie zu nichts als dazu auf die Welt gekommen. Angefangen hatte es mit der katastrophenfreudigen Hamsterepoche. Dann die süße Blockflötenzeit. Die nervenaufreibenden Wellensittichwochen. Die form- und farbenprächtige Kakteenepoche. Die saumselige Katzenzeit. Seitenspünge ins Fotografieren, Briefmarkensammeln, Sticken und ins Ballett. Monate, in denen sie ganze Tage nur Platten von *Genesis* und *Pink Floyd* überspielte. Während die Überspielungen liefen, schnitzte sie Schiffe. Das waren Schiffe, auf denen Träume reisen konnten. Dann also die Salbenzeit, der erklärte Gitarrenkrieg, schließlich die ins Höchste zielenden Klavierjahre. Nirgends wußte ich sie lieber als in den funkelnden Tonschliffen Chopins. Jetzt der Übersprung ins Surfen. Seltsam, seltsam. Und das hält sich. Und von Anfang an mit einem Einsatz, daß ich sicher war, sie werde das keine Saison lang durchhalten. Weltmeisterin oder nichts. So sieht es immer noch aus. Von meiner Altane aus gesehen.

Schluß, sagte Sylvi und ging, um einen Wintersocken und einen Hausschuh zu holen. Dieser Schwätzer! Dieser Dekorateur! Dieser Schaumschläger, Wortkonditor, Lügenbold! Das verschweigt er, daß er ihr, wenn sie beim Gitarreüben plötzlich anfallartig den Grind von der Kopfhaut kratzen und ihn sich in den Mund streichen mußte, daß er dann drohte, sie seinem Affenforscher-Freund zu schenken, der auf Borneo eine Orang-Utan-Station betreut. Alles, was wirklich war, verschweigt er, dieser Mann des Schaums. Die Gitarrenzeit, die schlimmste überhaupt. Einmal träumte sie, sie komme auf der Heimfahrt von der Stunde mit der Gitarre nicht aus dem Bus, die Tür ist zu eng, die Gitarre zu groß, sie muß die Gitarre zurücklassen, die neue, teure Tausendmarkgitarre, aber daheim am Hoftor hat sie die Gitarre wieder, aber sie hat jetzt nur noch Angst, diese Gitarre wieder zu verlieren, ihr Leben wird nichts sein als die Angst vor dem Verlust dieser Gitarre. Ihre Alpträume erzählt er nicht, der Schaumschläger! Abscheulich, wie die einander verstehen, Rasierwasserwolke und Kußmündchen! Mr. Zweireiher und Signore Rotohr! Rehbock und Dackel! Nein, Rehbock und Hase! Jaa, Rehbock und Hase im trauten Gespräch.

Als der Fuß versorgt war, sagte sie: Ich muß jetzt.

Herr Müller-Ernst, der sich dann doch so gesetzt hatte, daß er alles, was Sylvi tat, sehen konnte, sagte: Ich komme mit.

Ja, sagte der Vater, passen Sie auf auf unsere junge Wilde. Dochdochdoch, Sylvchen, eine Wilde bist du. Immer noch. Vielleicht für immer. Wenn ich dich je erzählen würde, würde das Buch DIE REINE WILDE heißen. Also, jetzt geht halt, laßt mich hier liegen, das hat schon seine höhere Richtigkeit. Herr Müller-Ernst, soll ich Ihnen sagen, was ich heute nacht geträumt habe?

Nein, schrie Sylvi.

Jetzt wart doch, sagte der Vater, die Wahrheit ist nie peinlich. Das muß akzeptiert werden! Weil es wahr ist, ist es nicht peinlich. Ein Schmus kann peinlich sein, eine Höflichkeit, die Wahrheit nie. Ich war im Traum bei Ihnen, Herr Müller-Ernst, in Ihrem Palast in Bogenhausen. Es war ein Palast. Innen schwarz-weiß gefliest, grün lackierte Wände. Wir tranken Tee. Ich mußte aufs Clo. Bat Ihre Frau, mir das Clo zu zeigen. Kommt nicht in Frage, riefen Sie, ich hole Ihnen das Geschirr. Nein, rief Ihre Frau, den Topf hol ich ihm. Und rannte schon und war zurück mit dem Topf, in den ich mich erleichterte. Jetzt der Streit zwischen Ihnen und Ihrer Frau, wer den Topf hinaustragen und leeren dürfe. Ich mischte mich ein und sagte: Das tut der lachende Dritte. Nahm den Topf und ging hinaus und stolperte über den Bärenkopf, der zu einem Fell gehörte, und fiel, und es war sehr naß und sehr peinlich. Ich lag auf dem Fell und war ein Säugling, und Sie und Ihre Frau beugten sich über mich und lächelten und griffen nach meinem...

Sylvi rief: Es reicht, es reicht.

Oh, Sylvchen, sagte der Vater, du zitierst deinen Vater. Es reicht, es reicht, so fängt FEIGLING an, mein letztes Buch.

Ja, Papa, jaa! Aber wir gehen jetzt.

Einverstanden, sagte der Vater. Nur noch das, Verehrtester, kommen Sie, bitte, der Hecke auf unserer Südgrenze nicht zu nah! Die wird von der Elektronik unseres Nachbarn Tag und Nacht überwacht. Nur zur Produktion von Prozeßanlässen. Dr. von Macke hat aus einer Jugendstilvilla eine High-Tech-Festung gemacht. Er muß furchtbare Feinde haben. Ursprünglich Orthopäde, dann in die zwei größten Eros-Center eingestiegen, dann aus einem Konkurs dreihundert Wohnungen gekauft, dann zu Baumeister Haberl gesagt, nachdem der ihm die Villa am See um- und umgebaut hatte und die Rechnung über sechshundertundsiebzigtausend aushändigte: Wollen Sie fünfhundert sofort oder sechshundertundsiebzig in vier bis fünf Jahren? Herr Haberl wollte lieber gleich alles, mußte aber einen Prozeß wegen Ausführungsmängeln durchmachen, dann bekam er per Vergleich fünfhundertundsechzigtausend ...

Bis später, sagte Sylvi und ging. Zur Höflichkeit fehlte ihr jetzt die Kraft. Sollten die beiden glücklich werden mit einander. Mit ihren Geschichten. Aber Herr Müller-Ernst drehte sich förmlich heraus aus dem Redestrom des Vaters und war noch vor ihr an der Tür zur Terrasse, um ihr die zu öffnen. Sie ging dann so rasch, daß der Gast, wollte er mit ihr gehen, nirgends mehr hinschauen konnte. Durch die Gartentür, über den Uferweg, durch die zweite Gartentür, dann über die kleine, von jedem Tritt schwingende Holzbrücke, die über den Bach führte, der durch ihr Ufergrundstück floß. Herr Müller-Ernst mußte aber stehen bleiben, die riesigen Schierlingstauden bewundern, die am Bachrand wuchsen. Sylvi blieb nichts anderes übrig, als auch stehen zu bleiben. Die Brücken-Szene war ganz von Büschen und Bäumen gerahmt. Eigentlich war man hier im Wald.

Ich erwarte, daß gleich Echsen und Saurier erscheinen, sagte Herr Müller-Ernst. Wie heißen denn diese prähistorischen Riesenpflanzen?

Schierling, flüsterte Sylvi.

Warum plötzlich so leise, fragte er.

Sylvi zeigte zum Nachbarn. Wenn der entdecke, daß sie den Schierling nicht ausrotteten, zeige er sie an.

Schierling, sagte Herr Müller-Ernst, jetzt weiß ich, was mich erwartet.

Richtig, sagte Sylvi und ging weiter auf dem Pfad zum Ufer. Sie würde sich in der Hütte, in der die Sauna untergebracht war, umziehen. Der Gast konnte in einem der Segeltuchsessel sitzen und dem Sturm zuschauen.

Als sie durch das Ufergebüsch durch waren und in der grellen Sonne standen, dem Sturm jetzt ganz direkt ausgesetzt, rief Herr Müller-Ernst: Wenn ich ein paar Jahre jünger wäre, würde ich jetzt Wow sagen. Er sagte das nicht zur Seeszene, sondern deutlich zu ihr hin.

Dann wurde er unversehens feierlich. In einem Ton, in dem man historische Tatbestände verkündet, sagte er: Schon einmal bin ich an dieser Stelle gestanden. Wenn auch nur für wenige Minuten. Und es war Nacht. Aber der Mond schien. Vom Mond zu mir führte eine breite silberne Spur auf dem Wasser. Das Wasser war leicht bewegt. Das heißt, das Mondsilberband schlingerte. Man sah weit hinaus, sah nach links und rechts am Ufer entlang. Aber was man sah, war wie nicht von dieser Welt. Alles war mondlichthaft. Am meisten Sie, Sylvi. Da drüben auf dem angrenzenden Ufer. Ich habe Sie gesehen. Ihnen zugeschaut.

Sylvi wurde dieser geradezu bebende Ton peinlich.

Das wisse sie, sagte sie. Daß er das noch wisse, finde sie eher erstaunlich.

Das Alter verschont mich nicht, sagte er, aber den Engrammen, die von Ihnen zeugen, kann es nichts anhaben. Noch nicht. Eigentlich nie.

Sylvi riet, Flirtvorräte zu sparen, bis die Mutter eintreffe.

Sie spürte, daß sie jeden Satz, sobald er gesagt war, zurücknehmen und ihn ein bißchen anders sagen wollte. Kein Satz gelang ganz zu ihrer Zufriedenheit. Sie wollte, was sie sagte, schon sagen, aber doch nicht so. Sie hätte lieber viel weniger eindeutig gesprochen. Mondlichthaft? Ach Quatsch! Mit diesem Routinebolzen würde sie schon fertig werden. Mehr Geistesgegenwart, bitte! Wenn sie an der Wendeboje ins Gedränge kam und entscheiden mußte, ob sie vom Wind abfallen, also Höhe verlieren, oder eine Karambolage riskieren solle, gab es eigentlich gar nichts zu entscheiden, sie tat einfach das Nötige, das Richtige to be the first at the mark, war dabei bedenkenlos kühn, katapultierte sich aus einer aussichtslosen Situation heraus und rundete als erste. Hinter ihr jede Menge rumble, ein paar gingen baden. Aber sie selber hatte in solchen Situationen nicht das Gefühl, daß sie kühn sei; das erfuhr sie erst nachher von den Zuschauern. Als sie in St. Peter-Ording schon nach zwei Stunden die erste Power-Halse schaffte, hatte Dirk Muschenich zu ihr gesagt: Sylvi, du hast den delphinischen Instinkt. Wollte sie vielleicht diesem Herrn gefallen? Diesem

Seidenanzug! Diesem Nichtsalszweireiher! Diesem Cremepatzen! Diesem Herrn Keinkilozuviel! Dieser Rasierwasserwolke! Und dann auch noch Rehaugen. Ganz schnell mal melancholisch, dann gleich wieder bubenhaft oder spitzbubenhaft, dann wieder ganz der Herr, der überhaupt nichts will, der nur fein höflich wartet, daß man ihm mitteile, was er tun soll. War sie dem gegenüber so unsicher, weil sie nicht wußte, wie sie den am raschesten beeindrucken konnte? Das war doch ein Mister Make up durch und durch. Und längst nicht mehr frisch. Aber immer noch herrschgierig, besitzergreifend. Der wollte sie. Schmerz, Anmaßung, Gier, Kapitulation. Alles gleich extrem. Und auch noch: daß er nichts dafür könne. Er sei so überrascht, überwältigt, erledigt. Und doch noch diese Jägerruhe. Diese Erfahrungsschläue.

Sie lesen mich wie ein Buch, sagte er.

Wie eine Zeitung, sagte Sylvi. Und nur die erste Seite, nur die Schlagzeilen.

Alttier durchquerte den Starnberger See. An diese Überschrift in der Zeitung von gestern dachte sie. Ein aus einem Gehege bei Wolfratshausen ausgebrochener Hirsch war, als er eingefangen werden sollte, in den See geflohen, hatte ihn im Zick-Zack-Kurs durchschwommen und war drüben in den Wäldern bei Bernried verschwunden.

Plötzlich fragte Herr Müller-Ernst in einem ganz anderen Ton: Wo ist Ellen?

Sylvi berichtete. Als sie zum Thema Antisemitismus

kam, tat er, als sei er informiert. Er bedauerte die Mutter. Wenn sie ihm geglaubt hätte, wäre ihr diese Arbeit nicht aufgehalst worden. Aber die finden eben immer einen Dummen.

Eine Dumme, sagte Sylvi.

Nein, nein, einen dummen Menschen eben, den sie erpressen können. Lassen wir's, Sylvi, ich will Sie nicht verderben.

Ich habe morgen Regatta, sagte Sylvi, habe ein neues Segel auf dem Brett, und ich soll mit Ihnen plaudern, bis Mama kommt. Wie finden Sie das? Bei Windstärke fünf. Gegen Abend schläft der Wind ein. Dann kann ich rudern gehen. Das ist ja schon nicht mehr fünf. Der schläft ja schon ein, mein Gott!

Beim letzten Satz weinte sie fast.

Statt plaudern, trainieren, sagte EME. Das wolle er doch sehen. Nein, nein, das müsse er sehen. Bei diesem Wind. Vielleicht gerate sie in Seenot. Hoffentlich gerate sie in Seenot. Er werde sie retten.

Sylvi sagte: Bis gleich.

Sie machte ein paar Armbewegungen, als wolle sie sich gleich ganz dem Sturm übergeben und davonfliegen. In der Hütte zog sie sich bei geschlossener Tür um. Als sie im Surfanzug herauskam, sagte er: Wow.

Sie holte Brett und Segel. Er sagte, vom Ufer aus habe er keine Chance, ihr zu Hilfe zu kommen, also müsse er wohl oder übel mit hinaus. Es sei einige Jahre her, daß er das letzte Mal auf einem Surfbrett gestanden sei, ja, genau, an seinem fünfzigsten Geburtstag sei das

gewesen, in San Diego, aber ein Segler sei er immer noch. Und eine Badehose habe er an. Seine Gewohnheit. Wenn er in ein Haus an einem See gehe, ziehe er die Badehose gleich an. Er komme ja nicht vom Büro, sondern vom Bett. Um sich bei ihr noch vollends lächerlich zu machen, gestehe er, daß er jeden Nachmittag von zwei bis vier in seinem Bett liege. Und schlafe. Und zwar nackt. Und jeden Tag stehe er um vier Uhr auf wie neugeboren. Das sehe man ihm zwar nicht an, aber er fühle sich so. Dann telephoniere er mit seiner Mutter. Jeden Tag. Seine Mutter sei siebenundachtzig und könne sich immer öfter gar nicht mehr klarmachen, daß es ihr Sohn sei, der da anrufe. Erst wenn er sage: der mit den sechs Ehrendoktoraten! erkenne sie ihn wieder. Sie könne mit Zahlen überhaupt nichts mehr anfangen, aber seine Ehrendoktorate habe sie mitgezählt und habe sie immer irrtumsfrei parat. Manchmal sage sie, um sich zu vergewissern, in irgendeine Unterhaltung hinein: Jetzt sind's sechs Ehrendoktor, nicht wahr? Leider sei sie durch ihre Darmblutungen allmählich so geängstigt, daß sie praktisch nichts mehr esse, und was sie esse, gehe, wenn sie es nicht durch immer größere Opiumgaben bremse, sofort wieder als Durchfall aus ihr heraus. Als blutiger Durchfall wohlgemerkt.
Da war er zum Glück an der Hütte, winkte und sagte: Bis gleich.
Sylvi nahm ihr ältestes, hochbordigstes Brett vom Regal an der Hüttenwand, legte es ans Ufer, zog aus den

Segelfächern das kleinste Segel, das legte sie dazu. Herr Müller-Ernst trat auf. In Badehose. Sylvi spürte, daß sie jetzt Wow sagen sollte. Sie sagte es nicht. Sie grinste, beugte sich über die Bretter.

Sie lachen, sagte er.

Ich grinse, sagte sie.

Noch schlimmer, sagte er.

Das hoffe ich, sagte sie.

Sylvi, Sylvi, sagte er.

Sylvi sagte: Sie kriegen mein ältestes, schwerstes, hochbordigstes Brett. In der Surfklassierung sind Sie Jumbo. Da ist der alte Thermoplast-Bomber genau das Richtige.

Sie hoffte, er spüre die Beleidigungsabsicht.

So dick komme ich mir gar nicht vor, sagte er.

Ich habe nichts von dick gesagt, sagte sie.

Meine siebenundachtzig Kilo bitte ich meinen einhundertsiebenundachtzig Zentimetern zuzurechnen.

Gut, ein paar Gramm zuviel sind's, ich geb's ja zu.

Ehrlich, Sylvi, wie finden Sie meine Haut?

Diese Frage verwirrte sie. Sie lachte so laut als möglich. Ihr Lachen gefiel ihr nicht. Ihm offenbar auch nicht. Er legte ihr seine Hand auf den Mund. Sie konnte sich gerade noch zurückhalten, hineinzubeißen.

Für wie alt halten Sie mich, fragte er und nahm seine Hand von ihrem Mund.

Sie lachte wieder so laut als möglich. Er verschloß ihr wieder den Mund.

Er sagte: Wollen Sie wissen, wie alt ich bin?

Er nahm die Hand von ihrem Mund, sie schüttelte den Kopf.

Danke, sagte er und küßte sie.

Sie gab ihm eine Ohrfeige. Sie wollte ihm eine Ohrfeige geben. Er fing ihre Hand ab, bevor sie sein Gesicht erreichte. Er gab ihr ihre Hand mit einer kleinen Verbeugung zurück.

Er sagte: Ich bitte Sie sehr um Verzeihung.

Sie dachte: Er hat überall mehr Haare als auf dem Kopf. Affe, dachte sie. Orang Utan-Station auf Borneo, da gehört der hin. Aber sie doch auch. Als sie Grind kratzte und aß. Auch auf den Schultern wuchsen dem Haare. Ganze Haarheere marschierten dem über die Schultern herüber, strömten vorne zusammen, verdichteten sich auf der Brust zum vollsten Flies, zogen weiter abwärts in breitem Strom, aber in der Mitte massierte sich eine dichteste Haarspur, zog zum Nabel und weiter hinab, wo sich offenbar alles wieder so schrecklich verdichtete wie oben auf der Brust oder noch mehr, sie schaute nicht hin, sie blieb lieber oben, im Brustflies. Der war also schwarz gewesen und war jetzt weiß beziehungsweise silbern. Oder war das Platin? In der Sonne gleißte das Fell wie Platin. Mit einem dunklen Schimmer da und dort. Streicheln oder davonrennen? Beides war dringend geboten. Daß sie blieb, lag vielleicht an den Brustwarzen, die in wunderbar runden Lichtungen standen und violettrot aus dem Brustflies ragten. Leuchttürme der Liebe, dachte Sylvi und suchte nach einer dazu passenden Schlagermelodie. Wenn nur das Ganze nicht auf der Brust dieses Flirtaltmeisters stattfände! Ende Mai so braungebrannt wie der Rest der Welt erst im August. Luxusaffe! Ja, ja, ja! Luxusaffe, sonst nichts. Schau, wie ihm von der Glatze die drei letzten Strähnen lodern! Wie der Wind sie zählt! Bravo, lieber Wind! Zeig's ihm! Papa hat immer noch eine dichte Bürste auf dem Kopf! Aber damit wies sie sich auf die haarlose Nacktheit des Körpers des Vaters hin. Hör doch mit deinen Haaren auf, dachte sie.

Ich hoffe immer noch, daß Sie sich in meinem Alter gewaltig verschätzen, sagte er. Das sage ich so offen, wie ich es noch nie und zu niemandem gesagt habe. Sie haben meine Fassaden zertrümmert. Ich kann nichts mehr verbergen. Sie haben mir meinen Schwerpunkt gestohlen. Ich gravitiere zu Ihnen, in einer Weise, die mich erschrecken sollte. Ich komme mir, entschuldigen Sie, verzückt vor. Oder verrückt. Etwas können Sie von mir erfahren! Das weiß niemand besser als ich. Es ist nichts außer dem Körperlichen, Sylvi. Alle Freude, alles Leid ist körperlich. Sonst ist nichts. Ich wiege siebenundachtzig Kilogramm. Und ich wog vor einem Jahr neunundneunzig. In diesem letzten Jahr bin ich so umgegangen mit meinem Körper, daß mir jetzt jedes Kilogramm, das ich wiege, wertvoll vorkommen darf. Lachen Sie ruhig. Sie haben keine Ahnung. Sie sind nicht zu Hause in Ihrem Körper. Noch nicht. Ihnen ist es nicht unendlich wohl in Ihrem Fleisch. Das sehe ich doch. Sie haben noch nicht alles getan für Ihren Körper. Wahrscheinlich haben Sie noch gar nichts getan für Ihren Körper. Sie betrügen Ihren Körper. Sie sind noch nicht eins mit Ihrem Körper. Das spürt man. Das tut geradezu weh zu sehen, wie wenig Sie eins sind mit Ihrem Körper. Als sie vorher vor mir hergingen, dachte ich: Sie rennt ihrem Körper davon. Ich möchte Sie mit sich versöhnen. Entschuldigen Sie, Sylvi, ich kann ja nichts dafür, ich bin nicht Einstein, aber ich bin ein Körpergenie. Ein Genie des Körperlichen. Mein Körper ist ganz und gar mein. Ich habe ihn gemacht. Er ist reiner als jeder Körper, den ich kenne. Unvergifteter. Wohler. Vielleicht sogar gesünder als jeder andere Körper. Ich wage, ihn ein Kulturprodukt zu nennen. Ich kann alles verlangen von diesem Körper. Ich werde diesen Körper nicht aufgeben. Nie und nimmer. Seit einem Jahr habe ich einen Partner auf Teneriffa. Fliegen Sie hin mit mir, Sylvi. Er wird Sie mit Ihrem Körper versöhnen, wie er mich mit meinem versöhnt hat. Sie müssen. Ob ich zu Ihnen passe, gehöre, können nur Sie entscheiden. Daß Sie zu mir passen, gehören, das erlebe ich so: wir zwei, Sylvi, sind in Proportion. Sie sind, sage ich, einen Zentimeter größer als Ellen, und doch zarter. So grausam geht es zu zwischen Körpern, Sylvi. Aber Sie gewinnen alles, Sie . . .

Schluß, rief Sylvi, es reicht, es reicht. Aufriggen, jetzt, los! Können Sie das noch?

Er konnte es noch. Sogar sehr gut konnte er umgehen mit Segel, Schot und Gabelbaum. Sie warf ihr Brett ins

Ufergewell, er seins. Als er vor ihr im Ufergewell stand, sagte er: Der Wind ist einfach zu warm für diesen Panzer.

Gleiche Bedingungen für alle, sagte Sylvi und schlüpfte aus dem Surfanzug und warf ihn ins Gras wie eine Haut, mit der sie nichts mehr zu tun hatte. Sie hatte ja unter dem Anzug noch T-Shirt und Shorts an. Er las laut vor, was auf ihrem O'Neill-T-Shirt stand: A bad day of surfing beats a good day at school.

Hände hoch, sagte er.

Sie wußte nicht, warum sie ihm gehorchte. Es lag wohl an seiner Stimme. Mit einem einzigen, kaum merkbaren Griff hatte er ihr das T-Shirt über den Kopf gezogen. Sie gab ihm eine Ohrfeige, die er nicht verhindern konnte. Er hielt ihr demütig das Stückchen Kleidung hin, sie nahm's, ohne es sich gleich wieder umzutun. Der sollte nicht meinen, daß er mit der Entblößung ihrer Brüste schon eine Erotikszene geschaffen habe. Und so, wie sie standen, konnten sie weder vom Haus aus noch von den Nachbarn beobachtet werden. Bei Rovans war außer Arthur niemand da, und Arthur übte wieder. Dr. von Macke, der mit Kameras nicht nur seinen Besitz, sondern auch noch den der Nachbarn überwachte, um jeden Eindringling frühzeitig zu erkennen, wird auf einem seiner Monitore, vor denen er sein Leben verbringt, Sylvi und ihren Gast längst entdeckt haben, aber wegen zweier Mädchenbrüste wird der Erotik-Center-Zar sich nicht vom Sessel rühren. Und auf dem See war des Sturms wegen auch

niemand mehr. Sylvi dachte an alles. Herr Müller-
Ernst dachte offenbar an nichts mehr. Er führte sich
auf wie ein Arzt und ein Patient, wenn es für beide ums
Leben geht. Er bemühte sich um Sorgfalt, sagte aber
dazu, daß er wegen der Außerordentlichkeit der Situation zu nichts mehr im Stande sei außer zur Liebe. Das
Wort gebrauchte er gleich mehrere Male hinter einander. Schwallartig. Er wisse zwar, was Sylvi jetzt von
ihm halte, aber darauf könne er keine Rücksicht nehmen. Zum ersten Mal sei er am 29. Juli vor drei Jahren,
mit Sylvis Mutter aus München kommend, hier eingetroffen. Um zwölf Uhr mittags. Zum Schwimmen. Er
schwimme jeden Tag, wo er auch sei. Schwimmen sei
ihm das Natürlichste überhaupt. Eine alles andere
außer Kraft setzende Bedingung. Herr Kern sei damals
in Italien gewesen. Mit einer Freundin. Sylvi und Alf
waren auch als abwesend gemeldet gewesen. Dann
seien Ellen und er ums Haus herum gekommen, da
lagen in zwei Liegestühlen zwei Mädchen. Jede in der
Rechten das halbvolle Weinglas. Jede hat ihre Beine
breit auseinandergestellt, als solle die Mittagssonne
angemacht werden. Welche von beiden Sylvi sei, habe
er gewußt, bevor es ihm Ellen ins Ohr geflüstert habe.
Diese weit hinausgestellten Knie, das war Sylvi. Einer-
seits ist man gesittet, andererseits soll man so etwas
aushalten. Tun, als sei das nichts. Dabei ist es alles. Für
ihn sogar gar alles. Sonst ist nämlich nichts. Nichts als
das. Das weiß er. Da steht er mit Ellen, Ellen wartet
darauf, daß man vollends um die Ecke biege, die Mäd-

chen lachend begrüße und weitergehe, den Plattenweg hinab, zum See, zum Schwimmen. Er habe aber nicht mehr schwimmen wollen. Nicht mehr schwimmen können. Nicht mehr mit Ellen. Er habe sich vorgenommen, dieses Anwesen nie mehr zu betreten. Leider habe er sich daran nicht gehalten. Ein Jahr später sei er also nachts, in jener Nacht, als alles mondlichthaft war, wieder mit Ellen aus München kommend, hier eingetroffen, sei mit Ellen leise ums Haus herumgegangen, damit Ellen und er noch schnell baden könnten, bevor er zurückfuhr nach München. Ellen habe ihn an der Hand hinuntergeführt, über den Weg, die Brücke, genau hierher. Dann also Sylvis Stimme. Von drüben, wo Sylvi mit mehreren Knabenstimmen gebadet habe. Er sei daraufhin nicht mehr fähig gewesen, ins Wasser zu gehen. Das Wasser habe jeden Laut, den Sylvi drüben gab, herübergetragen. Es seien die Laute eines Mädchens gewesen, das ungeheuer empfindlich und vielfältig und heftig auf jede Berührung mit dem Wasser, durch das Wasser reagierte. Sylvis Freunde seien schon weiter draußen gewesen, Sylvi sei von mehreren Knabenstimmen und einer Mädchenstimme gerufen worden, doch endlich zu kommen. Aber Sylvi habe bei jedem Schritt weiter ins Wasser neue Laute ausgestoßen. Schmerz, Entzücken, Lust, alles. Er, Müller-Ernst, habe nichts so deutlich erlebt in dieser Lautfolge wie die Nacktheit der ins Wasser Gehenden. Dann habe er Sylvi, als die so weit im Wasser war, daß die Büsche und Bäume nicht mehr dazwi-

schen waren, endlich gesehen. Es war ja diese Mondnacht. Nicht Voll-, aber Fastvollmond. Das Wasser
reichte Sylvi nicht ganz bis zu den Hüften. Sylvis obere
Hälfte also eine Plastik auf dem ein wenig bewegten
mondfarbenen Wasserspiegel. Er sei sofort hinaufge-
rannt, ins Auto, Ellen ihm nach, ihn zurückzuholen,
wenigstens auf die Terrasse. Nachher, als sie da saßen,
sei ja Sylvi von ihren Knabenstimmen herübergekommen und, kaum grüßend, an ihnen vorbei ins Haus
gegangen. Er sei ihr sicher nicht, sie ihm dafür um so
schärfer im Gedächtnis geblieben.
Er ihr auch. Wegen dieses Satzes, den ihr die Mutter
nachher überbracht hatte. Aber den konnte sie nicht
aufsagen jetzt. Dieser Satz gehörte zu den Sätzen, die
in ihr lebendig blieben. Deretwegen sie überhaupt
Kraft hatte. Weil sie sich solche Sätze nicht gefallen
lassen konnte, ohne zu antworten, zurückzuschlagen,
eines Tages. Eines schönen Tages, Herr Müller-Ernst.
Auch daß der und die Mutter sie und Arthurs Schwester beobachtet hatten, hatte die Mutter gemeldet.
Sylvi hatte das Antonia nicht weitergesagt. Aber sie
war sich niederträchtig vorgekommen deswegen. Antonia war ihr immer vorausgewesen. Antonia spritzte
drüben ihren Freund mit dem Gartenschlauch ab,
während sie, Sylvi, Tonleitern übte, Salben mischte,
mit Casti und Poldi spielte, mit ihrem Bienenvolk
sprach. Manchmal nahm sie Magnesium. Der Vater
behauptete, das wirke gegen Übererregbarkeit. Wenn
Sylvi es nicht mehr ausgehalten hatte, war sie hinaus-

gerannt auf die Straße und hatte die Autos angestaunt, mit denen Antonias Freunde gekommen waren, um sich von Antonia mit dem Gartenschlauch abspritzen zu lassen. Antonia hat jeden ihrer Freunde mit dem Gartenschlauch abgespritzt. Ein Auto hatte ein CC-Schild. Ihr Vater hatte Sylvi sagen müssen, was das hieß. Antonia schnitt und nähte sich, seit sie zwölf war, immer noch wildere Kleider. Ihr Bruder war in München, Vater und Mutter massierten in den Sanatorien, Mrs. Rovan war höchstens sechs Wochen da pro Jahr –, Antonia beherrschte Haus und Garten. Einmal sah Sylvi, daß vor dem Rovanschen Ufer ein Kajütboot ankerte, zwei Männer kamen in einem Schlauchboot an Land, Sylvi rannte im Haus hoch, ihr Vater war drunten am Ufer, wahrscheinlich sah er auch zu; Sylvi sah Antonia erst wieder, als die, von zwei Männern gerudert, die Yacht erreichte. Sylvi stand auf der Altane vor Vaters Arbeitszimmer. Sie sah, wie die den Anker einzogen, die Segel setzten und an den Wind gingen. Antonia stand aufrecht neben dem an der Pinne. Spät am Abend dieses Tages fragte der Vater, ob jemand Antonia habe zurückkommen sehen. Und schilderte genau, was er vom Ufer aus gesehen hatte. Er schilderte Antonias Aufbruch so, als hätte man den verhindern müssen. Zwei Kerle im Schlauchboot, Antonia mit Vorräten, zu denen auch Weinflaschen und Bierflaschen gehörten, ein Kajütboot, und wie Antonia neben dem Steuermann stand. Das nimmt Ausmaße an, hatte der Vater gesagt. Daß Eltern eine

Fünfzehnjährige so allein lassen! Sylvi hatte etwas gegen den Vater sagen müssen. Seine Anteilnahme an dem, was da drüben vor sich ging, ärgerte sie, verletzte sie. Also hatte sie gesagt: Ich finde, du übertreibst die nachtbarliche Aufmerksamkeit. Es wurde gelacht. Das war man schon gewohnt bei ihr, daß sie Wörter falsch im Kopf hatte. Es heißt zwar nachbarlich, hatte der Vater gesagt, aber wie immer ist deine Verunstaltung nicht ohne Reiz. Und zitierte, wie immer, wenn Sylvi Wörter falsch gebrauchte, Sylvis allererste Sprachblüte, die sie als Dreijährige produziert haben soll. Als eine Zeit lang nur noch von dem aus Norddeutschland zugezogenen Dr. von Macke geredet wurde, habe Sylvi kommentiert: Die meisten Menschen sind aus Morddeutschland. Daß sie sich, sobald sie vor anderen sprechen mußte, wie auf Glatteis fühlte, kam daher, daß ihr Vater, selber kein großer Redner, einen Riesenzirkus aufführte, sobald jemandem in der Familie ein Sprachfehler passierte. Nicht bösartig, aber umständlich und laut hielt er den Fehler fest und bat alle, ihn so lustig zu finden, wie er selber ihn fand. Bei jedem neuen Fehler Sylvis zitierte er genußvoll ein paar frühere dazu. Am Tag nach der Erörterung der nachtbarlichen Anteilnahme hatte sich Sylvi beim Surf-Club eingeschrieben. Zum ersten Mal unternahm sie etwas, ohne vorher die Eltern gefragt zu haben.

Vorletzte Woche war Antonia, die ihre Schneiderlehre längst hinter sich hat, nach London geflogen. Fünf

Minuten vom Picadilly Circus will sie einen eigenen Salon einrichten. Als Antonia die Schneiderinnenlehre abschloß, fuhr die Mutter mit Sylvi nach München, in die Modemeisterschule am Roßmarkt. Die Mutter versuchte Sylvi einzureden, Sylvi wolle Direktrice werden. Eine Stunde brauchte die Direktorin, um der Mutter verständlich zu machen, daß man, um in diese Schule aufgenommen zu werden, die Lehre und achtzehn Monate Gesellenzeit hinter sich haben muß, es sei denn, man habe eine überall durchschlagende und durch nichts mehr zu unterdrückende Begabung fürs Zeichnen. Gerade die hatte Sylvi nicht. Dieses Hoffnungslosigkeit verbreitende Herumtasten der Mutter. Heute Modemeisterschule, nächste Woche Bodeschule in Nymphenburg. Wollte Sylvi, wenn sie schon gymnasiumsabweisend war, nicht Gymnastiklehrerin werden? Nein, wollte sie nicht. Immer war es Sylvi, die sich schuldig vorkommen mußte, weil sie wieder eine großartige Zukunftsvision der nimmermüden Mutter durch nichts als stummen Widerstand und auch noch vor Zeugen, also auf die peinlichste Weise, zum Scheitern gebracht hatte. Wenn die Mutter erfährt, daß Antonia jetzt in London ist, fünf Minuten vom Picadilly Circus einen eigenen Salon gründet, dann läuft wieder das Drama ab, das jedesmal abläuft, wenn Sylvi im Vergleich zu anderen schlecht beziehungsweise hoffnungslos abschneidet. Man müßte einfach losschlagen, dachte Sylvi und wußte nicht, wie das zugehen sollte. Sie rannte dem Leben nach. Würde es nie einholen. Sie hatte überhaupt noch nie mit einem Menschen gesprochen. Sie kannte nur Funktionäre. Alle wollten was, sprachen auf sie ein wegen was und für was und gegen was. Ihretwegen hat noch nie einer mit ihr gesprochen. Außer Arthur. Aber auch Arthur erzählte vor allem von seiner Musik; schon so, daß Sylvi merkte, er meine nicht nur die Musik, sondern auch Sylvi. Dabei fummelte er so vorsichtig an ihr herum, daß sie sich vorkam, als solle sie ausgepackt werden und das Verpackungsmaterial sei wertvoller als das Verpackte. Arthur war ganz anders als seine Schwester. Er fand, Antonia werde nie von einem Mann geschätzt, sondern von allen nur ausgenützt werden. Arthur wollte nur Sylvi und Sylvi nur für immer oder gar nicht. Sylvi verstand alles, was Arthur sagte, wie man eine Fremdsprache versteht, die man perfekt kann. Sie verstand ihn nie unmittelbar. Neulich hatte ihr Vater abends gesagt, Sylvi habe, als sie dreizehn war, einmal plötzlich ihre Klavierübungen unterbrochen und habe in den Raum hineingefragt: Wer fotografiert mich? Man habe gelacht, Sylvi habe weitergeübt. Jetzt erst, hatte der Vater neulich gesagt, spüre er, daß Sylvi ein einsamer Mensch gewesen sei. Früher. Bis zu ihrem Eintritt in den Surf-Club. Als sie in ihrer Kakteenepoche einmal gesagt hatte: Mein Echinozerus-Ableger hat jetzt schon so'n großes Glied! hatte die Mutter sofort angefangen, sie in das einzuweihen, was die Mutter Sexualität nannte. Sylvi hatte der Mutter genau so willenlos zugehört, wie sie Antonia zugehört hatte, wenn die von ihren Freunden, die sie immer *meine Buben* nannte, erzählte.

In jener Mondnacht habe ich mir zum zweiten Mal und noch ernsthafter als beim ersten Mal vorgenommen, dieses Anwesen nie mehr zu betreten, sagte Herr Müller-Ernst. Wenn er gelegentlich auf dem Weg zu Ambacher Freunden draußen vorbeigekommen sei und die wie aus dem alten Buchenstamm herauswachsende alte Lampe gesehen habe, dann seien immer Blitze durch ihn durchgefahren, er habe an Sylvi gedacht, nicht an Ellen, und eben dadurch sei er jedesmal gewarnt worden: nie mehr in das dunkle Holzhaus unter den hohen Buchen! Und jetzt habe er den Vorsatz wieder gebrochen. Jetzt spüre ich, jetzt erlebe ich, daß es überhaupt nichts Wichtigeres und Richtigeres gegeben hätte, als sich an diesen Vorsatz zu halten. Sylvi, daß Ihr Hals nach unten hin, ganz zuletzt, noch so an Volumen zunimmt, ist schön. So stammt er aus Ihrem Körper. Ich scheue Hälse, die als gleichbleibende Röhren auf dem knochigen Rumpf stehen. Wieder hierherzukommen, das ist über alles Vorstellbare hinaus furchtbar und schön und … Sylvi hielt ihm den Mund zu. Er befreite sich und sagte: Ich wollte nur noch sagen: Und-und-und. Um zurückzufinden zur Geschäftssprache. Die ich nie hätte verlassen dürfen.

Das finde ich auch, sagte Sylvi und ging ins Wasser. Warten Sie, sagte er, bitte. Geben Sie mir eine Minute. Für mich ist es eine Tragödie. Meine Tragödie. Die braucht Sie nicht zu interessieren. Ich frage doch nicht ohne Grund, wie Sie meine Haut finden, für wie alt Sie mich halten. Sie stehen bis zu den Knien im Wasser. Wenn ich Ihnen folge, bin ich verloren. Mit Ihrer Mutter ist es zu Ende. Seit langem. Seit längerem. Ihre Mutter. Ich werde sie nie vergessen. Sie hat mich geprägt für immer. Bei mir wohnt zur Zeit eine Frau, die mich gefangen hat, hereingelegt hat, gefesselt hat. Eine prekäre Person. Ihre Mutter war immer alles. Diese Hexe ist nur etwas, das aber extrem. Sie ist eine Hexe. Das weiß ich erst, seit ich vorher aus dem Auto gestiegen bin und Ihnen gegenüberstand. Sylvi, Engel, Apfel, Frische mit Glanz, Sylvi, ich stottere, Schweben und Festigkeit, Sylvi. Sylvi, wenn ich ins Zimmer trete, in dem die Hexe sitzt, allerdings im Lotussitz, dann ruft sie: Hallö-chen. Und das hat mir gefallen!! Bis vor einer Stunde habe ich Hallö-chen für den schönsten Ausdruck kindlich-weiblicher Innigkeit gehalten!! Hallö-chen, das war die Laut gewordene Schmiegsamkeit. Und schmiegsam ist diese Person in einem Ausmaß, beängstigend. Allerdings, ihr Hals ist eine völlig gleichbleibende Röhre. Sitzt auf dem Rumpf wie draufgeschraubt. Das sage ich jetzt. Weil der Zauber zusammengebrochen ist. Durch Sie. Alle Schlösser, im ganzen Haus, vom Keller bis in den Dachboden habe ich – sie hat es verlangt – auswechseln lassen müssen, an jeder noch so unwichtigen Tür. Und das Personal auch, hinaus! Nichts und niemand von vorher! So hat sie mehr als die Schlüsselgewalt übernommen. Ich habe zweimal, nach beiden kaputtgegangenen Ehen eben, die Schlösser an allen hinausführenden Türen gewechselt, einfach um sicher zu sein vor Überraschungen, ganz real, zweckmäßig, aber doch nicht die Köchin, den Chauffeur! Diese Hexe, kennt mich kaum, auf jeden Fall noch kein Jahr, und hat schon das ganze Haus in der Hand! Und Ihre Mutter war's, die mir Annelie aufgeredet hat. Vor längerem. Durch Abschreckungsreden. Aber das saß. Das wurmte. Entpuppte sich. Sie haben mich erlöst. Das hat die Hexe gewußt, auf ihre Art, daß Sie mich erlösen werden. Sie hat es verbieten wollen, daß ich hierherkomme. Gefahr, hat sie gerufen. Das dritte Schagris schließt sich, hat sie gerufen. Das dritte Schagris ist von den sieben Schagris, die wir vom Steiß bis zur obersten Kopfmitte haben, das zwischen den Augen. Es sei das dritte Auge. Und wenn das sich schließt, sagt sie, ist die Atemlinie von unten nach oben unterbrochen. Sie hat einen meiner Betriebe neu organisiert. Wenn einer sich verletzt, muß der Gegenstand, mit dem er sich verletzte, über die Wunde gehalten werden, damit der Schock durch Atmen abgebaut werde. Es ist probiert, erwiesen. Halte das Messer, mit dem du dich geschnitten hast, über die pulsierende Wunde, sie hört auf zu bluten. Pflaster drauf. Nach drei Tagen narbenlos verheilt. Es ist wahr. Aber ich will es nicht mehr wissen. Es ist mir jetzt – und nichts kann deutlicher sein als das – es ist mir jetzt ganz widerlich. Ich will jede Wunde wieder nähen lassen. Und das dritte Auge soll zu sein für immer. Sylvi, ich danke Ihnen. Sie muß das nicht interessieren. Aber ich muß Ihnen danken. So dankbar, wie ich Ihnen sein müßte, kann ich gar nicht sein. Wenn ich vor Ihnen stehe, spüre ich, ich habe nicht gelernt, dankbar zu sein. Ich möchte mit Ihnen fort, weit und lang, am besten für immer, ich möchte alle Zeit nur noch damit verbringen, Dankbarkeit zu lernen, zu üben, um Ihnen eine Winzigkeit von dem zu bezeugen, was Sie in mir bewirken. Jetzt schon, ohne das Gefühl, das Sie in mir erregen, auch nur zu verstehen, geschweige denn ausdrücken zu können, jetzt schon kann ich, muß ich Ihnen vorweg und ohne jede Vorsicht einfach sagen: Sie haben mir das Leben gerettet, Sylvi. Ob Ihnen das nun recht ist oder nicht. Es gehört Ihnen, ob es Ihnen recht ist oder nicht. Ach, ich weiß, was in Ihnen jetzt vorgeht. Ich war auch schon in Ihrer Position. Wer weniger liebt, ist überlegen. Nicht zu lieben gibt Macht. Diese Macht haben Sie jetzt über mich. Weil ich Sie liebe und Sie mich nicht.

Sylvi machte durch Gesicht und Kopfhaltung deutlich, daß sie sich gerade ganz und gar auf Arthurs Trompetenspiel konzentrieren müsse. Arthur spielte wieder. Haydn, sagte Sylvi. Eine schöne Stelle. Tut fast weh, so schön.

Sie hatte das Gefühl, sie gebe an, sei eine Hochstaplerin. Aber es machte ihr jetzt Spaß, sich so zu geben. Ein Freund von mir, sagte sie. Der Herr sollte, bitte, glauben, sie habe zehn Freunde. Arthur spielte für sie. Oh ja. Sie sah aus seiner Trompete eine Trompete ragen, aus der eine Trompete ragte, aus der eine … Bis an ihr Ohr. Sie mußte weg. Hinaus.

Kalt, fragte Herr Müller-Ernst.

Sie schüttelte den Kopf. Er kam näher, stand jetzt auch im Wasser.

So ein warmer Sturm und so ein kaltes Wasser, sagte er.

Finden Sie, sagte sie.

Jetzt sahen sie einander in die Augen.

Nein, sagte er, es ist gar nicht so kalt.

Wasser, sagte er, Sylvi, Wasser jetzt, es ist ein Wunder beziehungsweise eine Katastrophe.

Sylvi sah zu Leander hinüber, der nur ein paar Meter weit weg, zwischen Weiden und Wasser am Ufer stand und herüberschaute. Hoch aufgerichtet stand er und schlug mit den Flügeln. Jetzt verdickte sich sein Hals. Leander fauchte.

Herr Müller-Ernst sagte: Der mag mich nicht.

Leander mag nur mich, sagte Sylvi. Er ist Witwer. Seine Schwänin ist schon drei Jahre tot. Aber ein Schwan nimmt, wenn ihm die Schwänin stirbt, keine andere mehr. Egal, wie alt er, wenn sie stirbt, ist.

Sylvi, Sylvi, sagte Herr Müller-Ernst. Sagen Sie nichts mehr gegen mich. Jetzt. Nachher, bitte. Aber nicht jetzt. Nicht bevor Sie wissen, wie Sie wirken auf mich. Ach, wissen werden Sie's nie. Aber ahnen sollen Sie, was Sie aus mir machen. Ich will überhaupt nicht, ich kann gar nicht reden von dem, was ich empfinde, nur Ihre Wirkung auf mich, davon sollen Sie eine Ahnung haben, bevor Sie weitere Sätze mobilisieren gegen mich. Sylvi, ich sage Ihnen jetzt mehr, als ich je zu einem Menschen gesagt habe. Das ist Ihre Wirkung. Ich habe meinen Körper präpariert, Sylvi, mit einem Aufwand, mit einer unendlichen Mühe. Für diesen Augenblick, Sylvi. Ich habe mich zehntausendmal gefragt bei diesen hunderttausend Bewegungen zur Abwehr oder wenigstens zum Aufschub des Verfalls, hunderttausendmal, warum machst du das! Ich habe nie gewußt, warum. Für Frauen?! Jedesmal, bei jeder, habe ich gehofft, die sei es, für die hast du das gelitten und geleistet. Und jedesmal grell deutlich: Nein, für die nicht. Wirklich nicht. Also weiter. Kämpfe um jeden Muskel, jede Faser, jede Zelle. In einer irrsinnigen, von keinem Menschen je zu würdigenden Überanstrengung. Und jetzt, in diesem Augenblick, jetzt weiß ich, es war alles für diesen Augenblick, es war für Sie. Für Sie ist es nichts. Ein alter Körperfetischist. Ein Spinner. Die Demonstration eines Krampfs. Parade der Sinnlosigkeit. Des Nichts. Stimmt, stimmt, stimmt. Aber gelitten und geleistet wurde es doch für Sie. Darauf bestehe ich. Für diesen Augenblick. Im Wasser. Ohne das nichts ist. Sie lachen. Damit Sie noch lauter lachen können, frage ich Sie: Sylvi, wie alt bin ich? Bitte, Sylvi, sagen Sie es mir, wie alt ich bin. Ich ...

Sylvi konnte es nicht mehr hören. Sie steht da, fühlt sich wie eine Topfpflanze, die keinen Topf mehr hat, und der redet. Der hatte offenbar keine Ahnung, wie er wirkte, wie alt sein Fleisch war, wie man ihm die Mühe der Konservierung ansah, wie das knitterte und schlaffte, einfach nicht mehr wollte. Und der triumphierte. Weil alles noch viel schlimmer sein könnte. Aber schlimmer als schlimm kann es doch gar nicht sein. Dieser vermiedene Bauch ist so schlimm wie ein Bauch.

Sie hielt ihm den Mund zu. Das hielt er offenbar für eine Aufforderung, wortlos weiterzumachen. Daß sie beide im Ufergewell lagen, ließ sie zu. Mit ihm im Gras zu liegen, wäre ihr unmöglich gewesen.

Ellen, das geschieht dir recht, dachte sie. Am liebsten hätte sie es laut gesagt, laut gerufen und immer nur das, nur diesen einen Satz. So lange dieser Herr an ihr beschäftigt war, hätte sie am liebsten in einem fort diesen Satz gebrüllt: Ellen, das geschieht dir recht. Schnupfenschnepfe! Schnupfenschnepfe! Schnupfenschnepfe!

Danach sagte er, das Wasser sei ein ebenso erschwerender wie erleichternder Umstand. Er sei froh, daß ihre erste Begegnung so toll und so wenig ideal verlaufen sei. Das aber bitte er Sylvi doch zu beantworten, wenn möglich mit Zustimmung: das Wasser sei für das, was mehr mit ihnen geschehen als daß es von ihnen getan worden sei, das Wasser sei die Bedingung gewesen, die Ursache, der Zwang, stimmt's, Sylvi?

Aufs Brett jetzt, sagte Sylvi.

Sylvi wollte sich alles merken, was der gesagt und getan hatte. Für Arthur. Der würde weinen, wenn er erführe, daß sie hier, fast in Reichweite von ihm, getan und zugelassen hatte, worauf er seit Monaten hinarbeitete. Aber wenn sie ihm dann alles mit allen Einzelheiten erzählen und darstellen würde, würde er, hoffte sie, doch lachen. Sie hatte diese Fähigkeit, etwas so darzustellen, daß sie andere zum Lachen brachte. Das war sogar ihr wichtigstes Talent. Und es war egal, um welche Art Vorgänge es sich handelte. Sie war erst zufrieden, wenn sie ihre Zuhörer zum Lachen gebracht hatte. Und was hier im Uferbereich bei leicht abflauender Windstärke gelaufen war, mußte, wenn man es nur richtig wiedergab, zum Lachen sein. Sonst war es zum Heulen.

Ernest, wie er jetzt genannt werden wollte, bestand darauf, daß er kurz eingewiesen werde. Da habe sich in fünfzehn Jahren sicher viel verändert. Ja, fünfzehn Jahre sind es jetzt her.

Dann ist er also fünfundsechzig?

Ja, das hat er doch gesagt.

Nein, gesagt nicht.

Ja, er ist, er ist, er ist fünfundsechzig. Findet sie das schlimm?

Schlimm nicht, nur unmöglich. Aber vielleicht ist es auch gar nicht unmöglich. Bei Gott ist nichts unmöglich. Und der hat's ja zugelassen. Ihr Vater ist schließlich auch fünfundsechzig. Stimmt, sagte er, auch fünfundsechzig, aber ...

Er brach ab.

Aber ..., sagte Sylvi.

Nichts, nichts, sagte Ernest in übertriebener, unglaubwürdiger Leichtigkeit.

Aber ... , sagte Sylvi.

Aber und nichts, sagte er. Man wird doch ABER sagen dürfen. Aber daß du's weißt, weil du's ja hast wissen wollen, also bist du selber schuld, daß du's erfährst, aber, sage ich, aber jetzt, sage ich, jetzt bin ich erledigt. Wahrscheinlich. Ziemlich sicher. Ganz sicher. Ich habe deiner Mutter in all den Jahren nie gesagt, wie alt ich bin. Und dir sage ich es beim ersten Mal. Jetzt bin ich erledigt. Ich weiß genau, wie du erschrocken sein mußt. Fünfundsechzig. Entsetzlich. Nichts kann für dich so scheußlichentsetzlich sein wie das Wort sechzig. Aber sechzig wäre ja ein Klacks. Die Katastrophe trägt den Namen fünfundsechzig. Ich weiß, daß du es noch viel entsetzlicher findest, als ich mir ausmalen kann. Ich finde es nur furchtbar und entsetzlich und so weiter. Du findest es, das sehe ich dir an, du findest es auch noch lächerlich, also tödlich.

Aber, sagte sie, wir machen jetzt einen Schotstart. Oder trauen Sie sich einen Beachstart zu? Ich könnte Ihnen ...

Dir! rief er, brüllte er fast.

Ich könnte dir eine Schwimmweste holen, für alle Fälle, sagte Sylvi und bemühte sich das DIR zu betonen.

Mir eine Schwimmweste anzubieten, ist eine Beleidigung, sagte er leise, fast traurig.

Ich habe dir das kleinste Segel gegeben, also überpowert bist du nicht. Der Wind bläst perfekt sideshore, also einfach draufstehen, Segel hoch, dichtholen und wir heizen davon. Ja?

Ja, sagte er.

Sei froh, daß du nicht pumpen mußt, sagte sie und empfand das Du als eine Anstrengung.

Keine Angst, sagte sie, ich fahre den langsamsten Amwindkurs. Sie sehen ja, die Welle bricht sauber, läßt sich gut abreiten. Unterschneiden vermeiden, bitte!

Sie wollte ihn ein bißchen einschüchtern durch ihre Anweisungen. Sie wollte den Profi raushängen. Angeben wollte sie. Auch einmal!

Der Wind läßt nach, sagte sie. Sie haben Glück. Sie bleiben brav hinter mir, machen alles nach. Wir fahren einen turn, dann gehen Sie rauf, unterhalten sich mit meinem Brüderchen, ich muß endlich trainieren, klar?!

Klar, sagte er, aber per Sie sind . . .

Schluß, rief sie, zog das Segel hoch, er folgte. Daß er Surferfahrung hatte, sah sie. Seine Haltung war allerdings wackelig. Er kam sofort in Schwierigkeiten, aber er wehrte sich.

Masthand nicht so dicht am Mast, rief sie.

Sie sah, daß er sich allmählich zurechtfand. Für eine Wende war es noch zu früh. Sie fiel so weit als möglich vom Wind ab, um ihm die immer noch beträchtlichen Wellen zu erleichtern. Auch wollte sie nicht gar zu weit hinaus. Bevor sie nicht die Wende hinter sich hatten, fühlte sie sich unsicher. Seinetwegen. Sie ließ ihn aufholen, rief ihm zu: Schön Kurs halten, linker Arm nicht so verkrampft, ruhig ausstrecken, ja. Wenn eine Böe drückt, einfach fieren. Sie werde jetzt gleich halsen, um dann hinter ihm herzufahren, daß sie ihn bei einer gemeinsamen Wende besser beobachten könne. Nicht so lehrerinnenhaft, rief er, bitte, bitte. Er fühle sich zwar wackelig, aber er habe gedacht, er werde überhaupt sofort ins Wasser fallen. Schön Kurs halten, rief Sylvi. Nicht höher an den Wind, nichts riskieren, und nicht weiter abfallen. Bis gleich.

Und gab Fahrt und halste. Sie hatte mit ihrer St. Peter-Power-Halse angeben wollen. Es wurde aber eine eher eierige Zitterhalse. Als sie herum war, sah sie ihn nicht mehr. Es hatte ihn gewaschen. Aber wo war er? Sie mußte schon an ihm vorbei sein. Noch einmal eine Halse und zurück. Keine Panik jetzt. Noch eine Halse. Und zurück. Die Wellen waren immer noch so hoch, daß Brett und Segel und EME durchaus nicht gleich wieder zu sehen sein konnten. Sie wußte einen Augenblick lang gar nicht mehr, in welcher Richtung sie suchen mußte. Sie ließ ihr Segel fast frei, um nur noch ganz wenig Fahrt zu machen. Sie mußte vor allem in der Nähe bleiben. Immer noch keine Spur von Segel, Brett und EME. Es wurde ihr heiß. Aber das wußte sie ja, wie ein Brett samt Segel eine Zeit lang in einem Wellental treiben konnte und von näheren und höheren Wellen verborgen wurde. EME wird sich ja wohl am Brett festhalten. Alter Segler, der er war. Aber warum sah sie nirgends das Segel, das Brett? Schaute sie schon in die falsche Richtung? Sie wurde nervös. Sie holte dicht, preschte hoch am Wind in größtmöglicher Geschwindigkeit und wendete gleich und wieder zurück und wendete wieder und wieder zurück. Sie hatte das Gefühl, sie suche den in Frage kommenden Bereich systematisch ab. Nein, sie redete sich das nur ein. In Wirklichkeit fuhr sie kreuz und quer und wußte längst nicht mehr, wo das gewesen war, als EME vom Brett fiel. Sie schrie seinen Namen. Das war das Sinnloseste. Der Wind trug alles landwärts. Vielleicht schwamm EME längst Richtung Ufer. Das Wasser war zu kalt. Bei dieser Temperatur schwimmt man keinen Kilometer. Und einen Kilometer draußen waren sie. War sie. Ihre Füße waren inzwischen fast gefühllos vor Kälte. Der Wind war warm, das Wasser, das über ihre Füße schlug, war immer noch kalt. Sie weinte. Sie wimmerte. Sie konnte sich doch nicht auch ins Wasser fallen lassen. Vielleicht war EME doch mit den Wellen landwärts geschwommen. Sie suchte die Bäume und Dächer ab, sah zuerst die kraß weiß entblößt auf ihrem Grünteppich liegende Macke-Villa, daneben die vertrauten Bäume, das väterliche Dach. Sie nahm Kurs auf und fuhr mit halbem Wind heimwärts. Am Ufer wartete schon Arthur. Zwei Schritte von ihm Leander. Leander begrüßte Sylvi mit entfalteten Flügeln. Sylvi rief zu ihm hin: Ach Leander. Arthur sagte: Gott sei Dank, daß du da bist. Er hatte gesehen, daß sie mit einem Mann hinausgefahren war. In Badebekleidung beide. Das fand er leichtsinnig, unmöglich, eigentlich schlimm. Und dann stürzt der draußen und man sieht ihn nicht mehr. Der hätte doch längst wieder auf das Brett geklettert sein müssen, hätte das Segel aufgerichtet haben müssen, aber nein, nichts, überhaupt nichts, der blieb verschwunden. Wasserschutzpolizei, rief Sylvi, und rannte an Arthur vorbei, ins Haus hinauf, zum Telephon.

Sylvio

Viermal mußte Sylvio seinen Sohn rufen, bis der antwortete. Ich habe mir den Fuß verstaucht, sagte Sylvio.

Ja, ja, sagte Alf.

Sylvio hätte Alf gern gebeten, das Weinglas zu holen, das er, als er hinausgegangen war, um Herrn Müller-Ernst zu begrüßen, in der Vorhalle auf den Telephontisch gestellt hatte. Er hatte dem Gast nicht mit einem Weinglas in der Hand entgegengehen wollen. Er brauchte doch nicht in jeder Minute Wein. Es machte ihm sogar Spaß, sich zu beweisen, daß er nicht in jeder Minute Wein brauchte. Vor fünf fiel kein Tropfen ins Glas. Manchmal stand er, die Flasche in der Hand, und sah auf die Uhr. Ohne diese tägliche Demonstration seiner Selbstbeherrschungsfähigkeit hätte er sich nicht ertragen. Andererseits fragte er sich, ob er schon so weit sei, daß er sich solche Beweise liefern müsse. Sobald es fünf Uhr war, trank er drei Gläser ziemlich zügig nacheinander aus. Drei Gläser Burgunder. Die trank er fast wie ein Durstiger. Weniger als eine Stunde brauchte er für diese drei Gläser. Vom vierten Glas an trank er viel viel langsamer. Am vierten Glas trank er eine Stunde und länger. Die ersten drei Gläser trank er immer in seinem Arbeitszimmer. Mit dem vierten Glas ging er nach unten. Wenn Ellen und Sylvi ihn dann und wann einen Alkoholiker nannten, lachte er. Er wußte es besser. Aber jetzt, auf dem Sofa, halb sitzend, halb liegend, da wäre ihm sein Glas willkommen gewesen. Selbst winzigste Schlückchen konnten genußreich sein. Alf dachte nicht mit! Wenn Alf mitdenken würde, käme er jetzt her und würde fragen, ob dem Vater etwas fehle. Mein Burgunderglas, würde der sagen. Alf würde es holen. Aber Alf dachte nicht mit.

Sylvio rief zu Alf hinüber: Das ist der erste Sturz seit dem 5. März vor drei Jahren, Alf.

Alf sagte: So, so.

Sylvio sagte: Es ist doch gegen jede Vernunft, daß wir nie mehr von diesem 5. März sprechen. Keine Antwort von Alf. Aber Sylvio machte weiter: Jeden Tag denke ich mindestens einmal an den 5. März. Immer wenn ich herunterkomme, dich hier sitzen sehe. Du wirfst mir das noch immer vor. Vielleicht hätte ich dir schon lange einmal sagen sollen, wie leid mir das tut, daß ich da ausgerutscht bin, hingefallen bin, dein Cello fallen ließ, aber doch erst fallen ließ, als ich schon gestürzt war, den Arm schon gebrochen hatte, weil ich beim Sturz nicht mich, sondern das Cello schützen wollte. Aber wenn ich mich entschuldige, dir sage, wie leid mir das tut, dann klingt das doch so, als sei ich schuld. Ja, ich hätte daran denken müssen, daß es getaut und wieder gefroren hatte, daß auf dem Parkplatz der Musikhochschule nicht gestreut wird, ja, ich hätte dein Cello nicht tragen dürfen, ich hätte die Noten tragen sollen, du das Cello, klar-klar-klar, heute weiß ich es, Alf, mein Übereifer..., du solltest entspannt sein, deshalb ich das Cello, du nur die Noten … ich entschuldige mich bei dir für meinen Übereifer.

Weil Alf nicht reagierte, sprach er weiter. Er wollte die Illusion, er befinde sich in einem Gespräch mit seinem Sohn, noch nicht aufgeben. Ich brach den Arm, gut, aber es hätte ja dann nicht auch noch der Stimmstock umfallen müssen. Und wenn schon der Stimmstock umfiel, hättest du immer noch ein Cello geliehen bekommen können, mit dem du besser zurechtgekommen wärst. Ja, die Prüfung hätte dir sogar mit deinem eigenen Cello mißglücken können. Das kommt doch vor. Daß du nicht mehr für das Weiterstudium in Frage kamst, stand gar nicht so fest, wie du, als dir das Ergebnis dieser von bösartigen Zufällen sabotierten Prüfung mitgeteilt wurde, geglaubt hast. Es hätte eine Einspruchsmöglichkeit gegeben. Daß du auf einem unqualifizierten Leih-Cello, das du zum ersten Mal in der Hand hattest, spielen mußtest, wäre ein Argument gewesen. Ich habe mich erkundigt. Aber mit dir war nicht mehr zu reden. Du warst geradezu unersättlich im Feiern dessen, was du deine Niederlage nanntest. Du feierst sie bis zum heutigen Tag. Und jeden Tag. Du demonstrierst. Stündlich. Mir. Der Familie. Es ist unsere Niederlage viel mehr als die deine. Das demonstrierst du. Und das stimmt. Wir leiden. Du starrst. Samstags fährst Du nach Bernried und musizierst mit deinen Seniorinnen und Senioren. Am Sonntag kommst du zurück, siehst aus, als kämst du von einer Orgie, setzt dich in deinen Stuhl und starrst ins Deckengebälk

wie Moses in den brennenden Dornbusch. Alf! Ich
entschuldige mich bei dir, hörst du.

Alf sagte: Quatsch!

Alf, rief Sylvio, der spürte, daß er sich jetzt gleich nicht
mehr beherrschen konnte, dann würde er etwas sagen
oder herausschreien, was er tagelang bereuen mußte.
Er machte sich, wenn er Sylvi oder Alf anschrie, für
Tage arbeitsunfähig. Wie gelähmt saß er dann droben in
seinem Zimmer und wartete darauf, daß das, was er in
der Erregung herausgeschrieen hatte, allmählich ver-
gehe. Aber selbst wenn er inzwischen schon sozusagen
rechtzeitig spürte, daß er gleich etwas herausschreien
werde, was Alf oder Sylvi verletzen mußte und damit
ihn selbst, auch dann gelang es ihm nicht, den verlet-
zenden Satz zu unterdrücken. Zwanghaft geradezu
verletzte er seine Kinder und dadurch sich selbst. Manche der Sätze, die er den Kindern ins Gesicht ge-
schrieen hatte, hielten sich in ihm seit Jahren. Er mußte
sich gegen ihr Wiederauftauchen wehren. Jetzt, als er
spürte, daß sich wieder ein Ausbruch in ihm auf-
machte – es war ein Gefühl, als schwelle alles an in ihm,
als ersticke er gleich, wenn er sich nicht sofort ent-
lade –, jetzt hatte er gerade noch die Kraft, seinen
Ausbruch auf einen Wortbereich zu dirigieren, in dem
weniger Verletzungspotential lauerte. Er rief, ja, er
schrie fast: Das Universum dehnt sich aus oder zieht
sich zusammen, auf jeden Fall, das Universum tut etwas. Du tust nichts, nichts, nichts.

Alf, so leise wie immer: Bin ich das Universum. Pause.

Dann, genau so leise: Ich hätte nicht weiterstudiert,
auch wenn die Prüfung gut ausgegangen wäre.
Alf, rief Sylvio, ich träume doch nicht? Alf-Alf-Alf.
Aber es geht dich nichts an, sagte Alf. Misch dich nicht
in etwas, was dich nichts angeht.
Alf, sagte Sylvio.
Schluß, sagte Alf, Schluß.
Jetzt konnte er Alf nicht mehr bitten, das Weinglas zu
holen. Selber zu gehen traute er sich nicht. Der Fuß
war ernsthaft verknackst. Vielleicht war es sogar ein
Bänderriß. Ellen mußte ihn heute abend noch nach
Starnberg fahren. Dieser Schmerz war ziemlich scharf.
Wann wäre ein Schluck Burgunder je wichtiger gewesen als jetzt! Sylvi konnte er bitten. Aber die blieb
sicher wieder eine Stunde auf dem Wasser. Die Vorstellung, sich von Sylvi den Wein bringen zu lassen, war
ihm unangenehm. Er lachte zwar, wenn sie ihn Alkoholiker nannte, aber es traf ihn doch. Wie oft war sie in
den Klavierjahren zu ihm hinaufgekommen, hatte ihm
ihre beiden abgespreizten, leichtgekrümmten Finger
vorgehalten, das seien die kleinen Finger der Tochter
eines Alkoholikers, eine ganz typische Degeneration,
diese Unfähigkeit, die kleinen Finger strecken zu können! Mit für immer krummen kleinen Fingern müsse
sie leben, weil er ein Alkoholiker sei. Aber daß er dann
auch noch von ihr verlange, daß sie Pianistin werde,
Pianistin mit zwei krummen halbsteifen kleinen Fingern, das sei doch wohl die sadistische Vaterwillkür ein
bißchen zu weit getrieben!

So sprach sie, so stand sie dann da! Eigentlich war sie doch rhetorisch begabt! Gerade ihre Wörterverunstaltungen wiesen auf ein Bedürfnis nach Ausdruck hin, das durch die bloße Sprachkorrektheit nicht zu befriedigen war. Rechtsanwältin! Politikerin! Aber er wagte nach Sylvis Scheitern am Klavier keinen deutlichen Vorschlag mehr zu machen. Sylvio wäre nichts lieber geworden als ein Pianist. Aber sein Vater, mit Herz und Seele Apotheker, hatte gesagt: Zuerst Apotheker, nachher Pianist. Und Durchsetzungsvermögen war nicht Sylvios Stärke. Sylvio hatte Sylvi mitgenommen in den Herkulessaal, hatte sie durch schwärmerische Reden so präpariert, daß es die Herren Brendel, Michelangeli und Konsorten nicht mehr schwer hatten, das Mädchen zu verführen. Dort hat sie Chopins b-Moll-Sonate gehört, ein wehrloses Mädchen, das das Leben scheinbar noch vor sich hatte. Dann schien aber auf einmal alles entschieden zu sein. Früh und endgültig. Sylvio hatte gejubelt. Er hatte es weder zu verlangen noch zu hoffen gewagt, aber er hatte, was er konnte, dafür getan, daß sie sich begeisterte. Dann war sie hängen geblieben, aufgelaufen, gescheitert in und an Chopin, an dieser b-Moll-Sonate. Sylvio dachte, wenn er an diese Sonate dachte, immer an etwas Gebirgehaftes, Steilwandiges, Hochzackiges, in den Himmel Stechendes, also überaus Gefährliches. In dieser brillant gleißenden, eisharten, mitleidlos glühenden und unheimlich scharfen, also nichts als schneidenden Kunstwelt war seine arme Sylvi hängen geblieben. Sie war verdorrt. Da droben hing ein dürres anorexisches Ding in den diamantenen Spitzen dieses Chopin-Stücks. Sie arbeitete an einzelnen Stellen, probierte immer neue Fingersätze aus. Und abends mußten Sylvio und Ellen zuhören, wenn Sylvi vorspielte, um zu zeigen, wie weit sie heute mit ihrer Chopin-Sonate gekommen sei. Und Sylvio mußte sagen, was er etwa an der Pedalbehandlung oder den Triolen noch auszusetzen hätte. Wenn er einmal erlahmte und einfach alles gut und wunderbar fand, schrie Sylvi ihn an, warf ihm Interesselosigkeit vor, offenbar glaube nicht einmal er mehr an sie, also sei es aus, denn ohne Klavier könne sie nicht leben. Dann heulte sie, bis sie erlosch und ins Bett gebracht werden konnte. Man sollte den Flügel aus dem Haus schaffen, hatte Ellen dann gesagt, nachts, als man lag und, wie gewöhnlich, über Sylvi sprach. Selbst ihre Spannungen und Kräche bestritten Kerns damals ausschließlich mit Sylvi. Sie hatten und brauchten kein anderes, kein zweites Thema. Du bist schuld, daß sie am Klavier hängen geblieben ist, rief Ellen. Sie habe immer gesagt: Geige! Klavier isoliert! Das habe sie immer gesagt. Aus Erfahrung, mein Herr! Klavier isoliert! Aber er habe ja, auch dank der Minderwertigkeit seines Gehörs, Klavier durchgesetzt. Was ist eine Geige gegen einen Flügel! Das sei etwa das Niveau seiner Beweisführung gewesen. Sie sei niedergebügelt worden. Auch in dieser Frage. Nie-der-ge-bü-gelt! Klavier isoliert, sie wisse es. Mein Gott. Aber nein, er träumt von Steinway und Bösendorfer! Er träumt nicht von Musik, sondern vom Glanz. Jetzt hat er's. Jetzt hängt das Kind, das eins geblieben ist, seit Jahren in dem Chopin. Der Vampir Chopin hat ihr das Blut ausgesaugt und ihr dafür seine Töne eingeblasen. B-Moll. Seit Jahren. Er bestreitet, daß das schon seit Jahren so sei. Ellen kann beweisen, daß Sylvi schon vor Jahren verloren gewesen sei. Dieses immer überspanntere Grave, das immer irrere Tanzen und Hämmern des Scherzos, das bodenlos mulmige Stampfen des Trauermarschs und das Prestogerase der Finale-Triolen. Ellen hat einfach vergessen oder nicht gehört, wie Sylvi Chopin-Etüden geübt und gespielt hat. Eine klingende Flüssigkeit hielt Sylvi mit zehn Fingern in glitzernder Bewegung. Nicht ein Tropfen ging verloren. Damals hatte er gehofft, er werde den Rest seines Lebens damit verbringen, Sylvi zuzuhören. Gerade durch Klavierkunst wird doch spürbar, was Musik für eine Zeiteinteilung ist; sie bringt Sekunden zum Klingen, dadurch tun sie beim Vergehen weniger weh. Aber weil nichts einen Menschen mehr einnimmt als Musik, wirkt kein Scheitern so tief wie das Scheitern in der Musik. Manchmal, wenn er saß und Sylvi zuhörte, hatte sie mitten im Spiel jäh herübergeschaut und ganz entsetzlich hart gefragt: Ja?! Und er hatte zurückgefragt, was los sei.

Sie: Was hast du gesagt?

Er: Ich? Nichts.

Sie hatte dann weitergespielt. Aber ihrem Spiel war anzumerken gewesen, daß sie erschrocken war. Sie war

ganz sicher gewesen, eine Stimme, seine Stimme gehört zu haben. Und ihm blieb ihr furchtbares Ja, und
es blieb ihr Blick. Ihre Augen waren damals immer von
riesigen taubenblauen Ringen gerahmt. Eine weiße in-
dische bis zur Mitte der Oberschenkel reichende
Hemdbluse trug sie, daran noch lange Fransen, eine
weiße Hose. Über der Hemdbluse eine Männeranzug-
weste schwarzweiß gestreift. Grotesk maestrohaft hat
sie ausgesehen. Eingesperrt in einen unsichtbaren Kä-
fig. Der jahrelange Kampf um Befreiung führte zu
nichts als zur Demonstration des Eingesperrtseins.
Wie soll ein Kind sich davon je wieder erholen? Er war
schuld an dieser Dilemmakonstruktion. Also war er
es, der Sylvi aufs Surfbrett geschickt hat.
Wenn du wüßtest, wie furchtbar du bist.
Es war ihm ganz und gar gleichgültig, daß Herr Müller-Ernst diesen Satz gehört haben konnte. Dieser Satz
konnte durch keinen Umstand verschärft oder gemildert werden. Den mußte er sich nicht notieren. Der
blieb. Wenn du wüßtest, wie furchtbar du bist. Selbst
wenn Sylvi wieder vergessen könnte, daß sie diesen
Satz gesagt hatte – und er hoffte, mußte hoffen, sie
vergesse ihn wieder –, seine Beziehung zu Sylvi war
durch diesen Satz verändert worden. Daß er so furchtbar sei, hatte er nicht geahnt. Er war also doch naiv. Er
fühlte sich Sylvi nicht weniger verbunden jetzt. Die
Verbindung war trostloser jetzt. Sie war trostlos. Eine
rückwirkende Trostlosigkeit. Eine Löschung aller hel-
leren Farben von früher. Es war also eher grotesk, daß

er sich gefreut hatte, als Sylvi sich ganz ohne elterliche Mitwirkung beim Surf-Club eingeschrieben hatte. Nach der Isolation am Klavier endlich Gesellschaft! Endlich Gleichalterige! Was auch immer daraus werden mag, Sylvi ist draußen, ist in der Welt. Es ist zwar nur eine Surf-Welt, aber doch eine Welt, in der Sylvi aufgenommen wurde. Zum ersten Mal hatte sie sich außerhalb der Familie irgendwo aufgenommen gefühlt. Jetzt gestand er sich ein, daß er andauernd in der Furcht lebte, Sylvi werde eines Tages hier in der Halle sitzen wie Alf. Platz wäre ja. Wie das ertragen: zwei Kinder, die die Welt zurückwies. Liebe Ellen, wir hätten unsere Mängel auf mehr als zwei Kinder verteilen sollen.

Wenn du wüßtest, wie furchtbar du bist.

Und dann machen sich die, die er noch kennt, lustig über sein Bedürfnis nach Harmonie, gutem Ausgang, Friedlichkeit. Das zählen sie zu seiner Western-Manie. Und ist das vielleicht nicht wieder eine Westernepisode, die er gerade durchmacht? Die eigene Tochter verflucht ihn in Gegenwart seines Todfeindes. Der Todfeind liest ihn vor den Augen der Tochter auf und trägt ihn, den Ausgerutschten, den Halbbetrunkenen, den Gestürzten, ins Haus und haut ab mit der Tochter. Nach der Frau nimmt ihm der also auch noch die Tochter ab. Aber ja! Warum ist der so scharf darauf, Sylvi zuzuschauen! Und da drunten, geschützt von dichtem Gebüsch und ausgesetzt einem mehr als warmen Föhnsturm, was soll denn dieser Herr da sonst wollen?! Und damit würde er sogar eine von Sylvio seit langem gehegte und gepflegte Idee realisieren. Nur literarisch gehegt und gepflegt. Immer wieder ließ er sich diese Idee durch den Kopf gehen, daß sie reife, sich runde, wahr werde. Der Widersacher wird eingeladen, man legt die spektakuläre Freundin der Tochter als Köder aus, man kennt die Frauenanfälligkeit des Widersachers, Freundin und Tochter sollen den zu immer noch gefährlicheren Demonstrationen seiner Männlichkeit reizen, dabei soll der umkommen! Im schönsten Mannesrausch!

Das war Sylvios liebste Beschäftigung: etwas in Gedanken so verlaufen zu lassen, wie es in Wirklichkeit nie verlief. Alles befriedigender verlaufen zu lassen, dazu schrieb er die Wirklichkeit um. Er ertrug Wirklichkeit überhaupt nur noch, wenn er sie schreibend beantwortet hatte. Nicht, daß diese Welt nicht schön wäre, sie ist nur unerträglich. Man mußte sie, um sie erträglich zu machen, zwingen, einen weißen Schatten zu werfen. Das ging, wenn überhaupt, nur schriftlich.

Irgendwann einmal hatte er Antonia Rusch zum ersten Mal nackt gesehen, drüben, am Ufer, durch viel hinderndes und dadurch steigerndes Gebüsch hindurch. Das war die Ursache. Antonia machte ihn zum Voyeur. Ein alt gewordener Alkoholiker zerkratzt sich das Gesicht im Gebüsch, weil er nicht genug kriegen kann von der Ansicht einer nackten Antonia. Antonia hatte an jenem Abend zwei junge Männer erwartet, die sie mit einem Schlauchboot auf eine Yacht holen wollten. Antonia hatte einen Badeanzug an, als sie vom Schlauchboot aus die Yacht bestieg. Aber am Ufer gewartet hatte sie nackt. Es war Abend. Und das Wasser geht mit dem Abendlicht ohnehin um wie ein wahnsinniger Expressionist. Feuer und Schwärze stritten sich auf den Körpern Antonias und der jungen Männer. Dann segelten sie davon. In das unruhige Durcheinander von Feuer und Schwärze. Der Voyeur löste sich aus dem Gebüsch. Antonia war Sylvis Freundin. Eine Zeit lang war sie täglich herübergekommen, hatte, weil die Eltern Rusch in verschiedenen Sanatorien massierten, oft genug mit Sylvi und Sylvio zusammen gegessen. Sylvi, ein Jahr jünger als Antonia, in Wirklichkeit aber eine unaufholbare Zeit jünger, litt unter Antonias Vorsprung, konnte aber auf Antonia offenbar nicht verzichten. Wenn Antonia mit Sylvi und Sylvio zusammen aß, redete Antonia ununterbrochen und sehr laut. Sylvio und Sylvi hörten zu. Das wirkte dann immer, als seien er und seine Tochter extrem verdrossen, das Mädchen von drüben aber quick und schön. Als er Antonia zum ersten Mal mit bloßem Oberkörper neben Sylvi stehen sah, war er überrascht, weil ihr etwas zu kühn und kantig geschnittenes Gesicht durch ihre Brüste richtig gemildert, also schöner wurde. Als Sylvi noch die vier Kinder ihrer Katze pflegte, feierte Antonia im Keller der Rovan-Villa schon Feste. Da stampfte eine dumpfe, durch Undeutlichkeit bedrohlich wirkende Musik herüber. Sylvi hatte Alf gebeten, hinüberzugehen und denen zu sagen, daß die Katzenjungen unter diesem Musikgetobe litten. Wahrscheinlich litt sie darunter, daß sie von einer solchen Party lichtjahrweit entfernt war. Sylvi und er litten unter Antonias Entfaltungen. Aber Sylvi und er versuchten, vor einander zu verheimlichen, daß sie unter Antonias Ausstrahlung zu leiden hatten. Sylvio träumte damals, Antonias Vater rufe über den Zaun herüber, Antonia studiere jetzt in München, finanziell sei das nicht machbar, Antonia arbeite also nebenher in einer Bar, in einer Nachtbar sogar. Sylvio verstand, das sei eine Art Bordell. Der rief auch noch den Namen der Bar. Sylvio verstand Lotria. In seinem Zimmer rannte er hin und her. Endlich hatte er es: Allotria. So mußte die Bar heißen. Er würde sie finden. Er war glücklich. Und wachte auf und war traurig, weil es nichts zu finden gab.

Andauernd hatte er Wirkungen Antonias hinzunehmen, ohne daß er reagieren durfte. Er wartete auf die Gelegenheit zur Entgegnung. Die kam. Ellen hatte begonnen, von EME zu erzählen. In Sylvio keimte es. Er fing an, einen Roman zu konstruieren. Claudius, ein gewöhnlicher Schriftsteller, sechzig vorbei, spürt, daß Claudia, seine neunzehnjährige Tochter, glaubt, er liebe ihre zwanzigjährige Freundin Antonia. (Für Antonia hatte sich noch kein Rollenname eingestellt.) Er liebt sie überhaupt nicht. Er kann lediglich von ihrem Anblick nicht genug kriegen. Sie produzierte sich aber auch andauernd so, daß man ihren Anblick wie einen

Befehl erlebte: man hatte sofort jede andere Tätigkeit einzustellen und nur noch Antonia zuzuschauen. Claudius ist Ovidverehrer. Er kann sich immer wieder vorsagen, daß Ovid alte Soldaten und alte Liebhaber gleich peinlich fand. Aber das mindert nicht Antonias Anziehungskraft. Und sie wohnt nebenan. Er weiß, welche Fenster ihre Fenster sind. Er wird zum Voyeur. Das spürt Claudia. Und Claudius spürt, daß Claudia das spürt. Wenn Antonia ins Haus kommt und nach Claudia fragt und Claudia ist nicht da, vermutet Claudius, daß das ein Einfall seiner Tochter sei. Die Freundin soll den Vater testen. Sie soll ruhig ein bißchen frech auftreten. Mal sehen, wie der Alte reagiert. In der Familie wird nie über den Vater als Geschlechtswesen gesprochen. Neuerdings hat die Mutter zwar einen Freund, aber wie weit diese Freundschaft geht, wissen die Kinder nicht. Glaubt der Vater. Vom Vater weiß man in dieser Hinsicht überhaupt nichts. Glaubt der Vater. Aber Claudia hält es offenbar plötzlich für möglich, daß der Vater alles täte, um Antonia zu bekommen. Aber vielleicht täuscht sie sich. Sie hofft, sie täusche sich. Aber täuscht sie sich wirklich? Die Eltern leben ja als Geschlechtswesen hinter einem absoluten Vorhang. So, denkt der Vater, könnte Claudia denken, deshalb, glaubt er, schickt sie Antonia vor. Antonia tritt also ein. Er ist allein mit ihr im Haus. Sie bleibt, obwohl Claudia nicht da ist und so schnell nicht zurückkommt. Schuhe kaufen, in München. Das dauert bei Claudia. Das wissen beide, Antonia und Claudius.

Antonia redet wieder ununterbrochen. Eine schöne Stimme. Entweder hat sie nicht die geringste Ahnung, wie sie wirkt, oder sie ist durch und durch raffiniert, hängt ein Bein immer noch ungehöriger über die Sessellehne, will, daß er überschnappt, irgendwelches Verführungszeug redet, sich unsäglich aufführt, dann lacht sie und sagt, das haben wir aufgenommen, mit Video, von dort aus, und schon kommt Claudia aus dem Kleiderschrank, lacht nicht, ihr Vater tut ihr leid, sie hätte diese Szene nicht inszenieren dürfen. Aber selbst wenn Antonia nicht in Claudias Auftrag agiert, sie könnte, wenn er sie berührte, ein so ungeheuer angeekeltes Staunen produzieren, daß er, für immer blamiert, schreiend davonrennen müßte. Schließlich ist nichts so sicher wie das: diese Zwanzigjährige hat keinen Grund, diesen Sechzigjährigen auch nur zur Kenntnis zu nehmen. Aber: Elfi, seine Frau, hat doch einen Freund, neuerdings, und Claudius weiß nicht, ob Elfi diesen Herrn Bernd Müller-Bernhard liebt oder ob sie diese Beziehung nur inszeniert hat, um ihren Mann für eine Affäre zu bestrafen, die sie für wichtiger hielt als er. Natürlich war er zuerst irritiert gewesen bis zur Haltlosigkeit, weil diese Frau Lanz mit einem Schicksalston auf ihn losgegangen ist wie noch kein Mensch vor ihr. Alles von ihm gelesen, noch nichts so gelesen wie alles von ihm, Tag und Nacht im Dialog mit ihm, bitte, eine Aussprache, zu ihrer höchst notwendigen Ernüchterung. Die Aussprache steigert ihre Entzündung ins Peinliche oder Paradiesische, sie nimmt ihn einfach mit, verführen kann man's nicht nennen. Sie produziert bei ihm eine Bereitschaft, die nicht vorhanden war, als er ihr im Weinhaus Schneider gegenübersaß. Das Gegenteil hatte ihn durch und durch beherrscht. Nicht einmal bedauert hatte er es, daß ihn diese aufgetakelte Person samt ihrem von Unausweichlichkeiten strotzenden Redeschwall überhaupt nicht anzog. Als er sich in ihrer Wohnung auf ihr wiederfand, wunderte er sich. Daß er auf ihr liege, sei, sagte sie, so wahr, so erfreulich. Heute ist mein zweiundzwanzigster Tag, und ich kann mich verlassen auf mich. Laß mich das dir sagen. Das war ihr Wortschatz, ihr Sprachgebrauch: Erschütternd direkt. Andererseits sagte sie immer mehr, als wahr sein konnte. Sie teilte einfach mit, wie viele Jahre, Monate, Tage und so weiter sie auf diesen Augenblick gewartet hatte. In dieser Zeit habe sie Gefühle anderen gegenüber immer gemessen an dem Gefühl für ihn. Das habe von einer Trennung zur anderen geführt. Die sogenannte große Liebe also. Sie scheut vor keinem Ausdruck zurück. Mildert nichts durch Aussprechen. Allmählich läßt er die Kulissen gelten, die sie für ihren und seinen Lebenslauf produziert. Zwei auf der Flucht. Ein Wunder, daß sie sich finden. Eine nichts als fabelhafte Unwahrscheinlichkeit. Er findet nicht, daß Liss Lanz ihn von Elfi entferne. Elfi sieht das anders. Sie rennt häufig aus dem Haus, kommt immer noch später zurück und erzählt schließlich von einem BMB durchaus in jenem Ton der Nichtmehrzurechnungsfähigkeit, der Liebenden passiert. Oder produziert sie diesen Ton nur, um ihren Mann zu strafen? Auf jeden Fall erfährt Claudius, daß dieser BMB praktisch nur davon lebt, auf Reize zu reagieren. Er lebt nur, wenn ihn etwas reizt. Es ist immer etwas Weibliches. Alles, was nichts mit Frauen zu tun hat, ist Arbeit. Er hat zwar als Geschäftsmann weltumspannende Planungs- und Handlungskompetenzen, aber er gibt gerne zu, daß er alle seine erfolgreichen und bewunderten Arbeitsbewegungen nur macht, um Frauen aufzufallen. Wenn Männer ihn loben, hört er weg. Eine Frau, die ihm etwas Schmeichelhaftes sagt, atmet er förmlich ein. Er ist Nichtraucher, Nichttrinker, seine Suchtkapazität, sagt er, ist ausschließlich für Frauen reserviert. Er hat kein sogenanntes Ich mit allem Drum und Drin. Er legt keinen Wert darauf, eine moralische Person zu sein, er – Elfi konnte das Klischee nicht entbehren – er fliegt auf Frauen. Auf eine nach der anderen. Wenn ihn eine zu halten versucht, ist sie ihn schon los. Nichts vertreibt ihn so schnell wie Anspielungen auf Dauer, Treue und so weiter. Er sei, sagt er, ein Todfeind jeglichen Überbaus. Er war in elf Jahren viermal verheiratet. Das waren die Lehrjahre. Die schlimmsten Jahre seines Lebens. Er verachtet nichts so wie die Lüge. Lüge, sagt er, ist Selbstverstümmelung. Und Selbstverstümmelung, sagt er, sei das einzige, wofür er das Wort Sünde, das ihm eigentlich das fremdeste aller Fremdwörter sei, brauche. Darauf würde er vielleicht einmal eine Religion gründen, seine Religion. Die einzige Sünde: Selbstverstümmelung. Durch Lüge, Treue und so weiter.

Und dieses wahrheitstolle Freiheitswesen fliegt dann eben auf Elfi. Sie findet's unsagbar. Und redet weiter. Schon elf Monate fliegt er auf sie. Er und sie finden es unsagbar. Seit elf Monaten schon ist es ihr einziges Leid, daß sie, was sie für einander empfinden, was sie an einander und von einander haben, nicht ausdrücken können. Weil es nämlich unsagbar ist. Elf Monate der Unsagbarkeit. Dabei spielt die Zahl ELF in ihrer Beziehung eine Schlüsselrolle. Er nennt sie nicht ELFI, sondern ELFE. Als er in ihrer Gegenwart zum ersten Mal das Wort ELF aussprach, die Zahl seiner schrecklichen Ehejahre, und das war noch, bevor er sie ELFE oder auch nur ELFI hätte nennen können, da sei sie durch die Art, wie er die Zunge beim L ins Freie schraubte und sie beim F wieder zurücknahm, förmlich verzaubert worden. Ja, bezirzt. Sorry, aber so ist es. Und das jetzt seit elf Monaten. So lange hatte übrigens keine seiner vier Ehen gedauert. Das Erstaunliche: Elfi wird von Monat zu Monat schöner. Claudius sollte handeln. Warum wehrt er sich denn nicht? Die Vorzüge dieses Herrn kommen ihm allerdings unerreichbar vor. Dann sieht er also Antonia nackt, und sofort weiß er, was er zu tun hat. BMB muß hierher kommen, Antonia nackt sehen oder halbnackt, den Rest besorgt BMB selber. Die seit Jahren erlittenen Antonia-Ansichten haben dieses Mädchen für Claudius zum Inbild des Unwiderstehlichen gemacht. Claudius bereitet Antonia ein bißchen vor. Er weiht sie nicht ein, er macht sie nur an. Elfi ist überrascht von der Großmütigkeit ihres Mannes. BMB wird eingeladen, Claudius sorgt dafür, daß, wenn BMB da ist, Claudia mit Antonia auftritt. Und Antonia weiß, man will einen Freund der Familie ein bißchen necken, sie soll ruhig frech auftreten. Das tut sie. Der Effekt: BMB sieht Claudia. Nur Claudia. Claudia wird, sobald Männer ins Haus kommen, von einer Art Schlafkrankheit befallen. Sie spricht kaum. Wird sie angesprochen, antwortet sie mehr als zögernd. Die Wörter schleppen sich leise und schwer aus ihrem Mund. Ihre Augen starren, man möchte sagen, entgeistert. Das Schlimmste: sobald Männer da sind, gähnt sie andauernd. Das drückt sicher nicht Gelangweiltsein aus, sondern einen innersten Sauerstoffmangel. Das Gegenteil von Gelangweiltsein. Aber durch ihr Gähnen und durch die Anstrengung, dieses Gähnen zu verbergen, wirkt sie dann wie nicht ganz da. Auch durch BMB's Auftritt wird sie kein bißchen aus ihrer trotzigen Absence erweckt. Aber BMB ist offenbar von dieser Nichtachtung, die keine ist, fasziniert. BMB entführt sie praktisch vor den Augen ihrer Eltern. Rennt mit ihr zu seinem Wagen. Claudia rennt mit. Die beiden brausen davon. Die Eltern sitzen und schauen an einander vorbei. Dann muß Elfi wohl weinen. Sie weint also fassungslos, so aufheulend, so unaufhörlich, daß Claudius glaubt, so sei überhaupt noch nie geweint worden. Er kann auf jeden Fall jetzt nicht mitteilen, daß er aus Liebe zu Elfi diesen Verlauf gewünscht, sogar ermöglicht habe. Er wird ihr das nie sagen können. Dann die unvermeidliche Nachricht: BMB hat's übertrieben. Ein Autounfall steht dem schicksalspielenden Autor immer zu Gebote. Und was liegt näher, als daß der Sechzigjährige zu schnell fuhr. Gleich da vorne, bei dem kurvigen Auf und Ab kurz vor der Autobahn passierte es. Claudia kam mit Prellungen davon. Ihm hat es das Genick gebrochen.

Sylvio hat dieses Ende, seit er es konzipierte, dann notierte, angefochten. Man muß aus jedem Verlauf das bestmögliche Ende herauswirtschaften. Das ist seine Verfahrensregel Nummer eins. Nichts fälschen, aber in allem das Bestmögliche stärken. Also darf der Widersacher nicht umkommen. Natürlich nicht. Sylvio Kern, du kannst nicht gegen die Todesstrafe sein und dann Menschen in Romanen zum Tode verurteilen! Laß ihn leben, den Widersacher. BMB hat eine Tochter, Claudius hat eine Tochter, die beiden Sechzigjährigen könnten tauschen. Das wäre der genaueste, der wahrste Verlauf. Zwei Väter, zwei Männer machen ein beide gleichermaßen befriedigendes Geschäft. Laß geschehen, was am liebsten geschehen will, misch dich nicht ein. Dein ist nur das Wort, nicht das Faktum. Etwas so schön sagen, wie es nicht ist. Das ist dein Anteil. Deshalb halten die Kinder das, was du schreibst, für Kitsch. Alf nannte es schonungslos so. Wenn er gut aufgelegt war, nannte er seinen Vater C-Dur-Signore oder auch Mister Charmonie. Sylvio fand Leben und

Tod wahrscheinlich nicht weniger schrecklich als die, die ihn wegen seiner Harmoniesucht verspotteten. In der Hölle zu sein, genügt nicht. Es ging schon immer darum, sie glaubhaft zu leugnen.

EME ist, nach allem, was Ellen berichtet, ein glühend Lebender, ein Lebensliebhaber sondergleichen. EME sagt, so berichtet Ellen, daß die einzige Meisterschaft, die er anstrebe, die Meisterschaft zu leben sei. Sein Kunstwerk sei das Leben. Wahrscheinlich war es eine Art Trotzreaktion, daß Sylvio seinen BMB sein geliebtes Leben verlieren ließ. Zu Sylvios Rechtfertigung gehörte, daß er in allen Personen auch sich selber darstellte. Und es war der Sylvio-Anteil in BMB, der ihm das Todesurteil ermöglichte. Aber er kämpfte immer noch gegen dieses Todesurteil. Er hofft, daß der Roman, falls er den je schreibe, ihn zu einem anderen, einem glücklicheren Ende zwingen werde. Konstruieren kann man viel, das heißt noch nichts. C-Dur-Signore! Bitte schön! Kitsch, dieses Wort lähmte. Man hatte nichts zu entgegnen. Sylvi versuchte, dieses Wort zu vermeiden. Ellen verteidigte ihren Mann gegen die gierig kritisierenden Kinder, redete sich in schwierige Wortwolken hinein, um ihn hochzuloben, ihn glauben zu machen, sie schätze, was er schreibe. Er produzierte in seine Bücher immer wieder Stellen hinein, die Ellen glauben machen sollten, daß er sie nicht durchschaue. Er fand es liebenswürdig, daß sie sich solche Mühe gab, ihm eine Hochachtung vorzuspielen, die sie nicht hatte. Ellen war viel zu vernünftig, nein, viel zu gesund war sie, nein, sie war einfach zu stark, zu wenig Schwächling war sie, um, was er schrieb, schätzen zu können. Wenn sie ihn loben wollte, verglich sie ihn immer mit einem wahrhaft berühmten Kollegen, den er aber, ohne daß er das je auszusprechen wagte, eher verachtete. So wurden ihre Versuche, ihn zu loben, öfters reine Hinrichtungen.

Ellens Gesprächsserien und ihre gelegentlichen, schwer erkämpften Artikel im DAS lobte er genau so bemüht, wie Ellen lobte, was er schrieb. Er redete sich Ellen zuliebe in eine Begeisterung hinein, über die Ellen sich so freute, daß Sylvio diese Begeisterung dann auch wirklich spürte. Peinlich. Hielt er doch die kritische Grundhaltung der Produzenten öffentlicher Meinung für Heuchelei. Selbstgerechtigkeit und Heuchelei, das war das Fundament der Meinungsproduktion. Je heuchlerischer, um so krasser kritisch beziehungsweise je krasser kritisch, um so heuchlerischer. Das sei ein unauflöslicher Interdependenzknoten zur Verhinderung einer Einsicht ins eigene Tun. Denn: je krasser kritisch, desto besser das eigene Gewissen, desto weniger Anlaß, Neigung, Fähigkeit zur Selbstüberprüfung. Die öffentliche Meinung als die neueste Kirche, der letzte Gott. Verglichen mit den selbstgerechten Priestern dieser Kirche waren alle früheren die schönstliebsten und wahrhaften Heiligen. Was ist das berüchtigte Unfehlbarkeitsdogma des römischen Papstes gegen die Verfassungsartikel, die die Alleskritiker gegen jede Belangbarkeit schützen. Sie dürfen alles und müssen nichts. Macht ist ein anderes Wort für Illegitimität. Keine Macht ist so illegitim wie die der Medien ... So rauschte ihm, weil sie abgespielt war, seine Platte durch den Kopf.

Er ist dagegen, daß kritisiert wird, und was tut er, kritisieren. Ein Mensch, glaubt er, kann nicht mehr kritisieren als sich selbst. Und was tut er, er kritisiert andere. Und spürt auch gleich, daß er sich besser vorkommt als die, die er runtermacht. Erlebt also die volle Wohltat des Kritisierens, das er kritisiert. Wenn man etwas oder jemanden heruntermacht, fühlt man sich deutlicher, als wenn man nichts und niemanden heruntermacht. Und um dieses Deutlichkeitsgewinns willen, der einem gut tut, macht man andere herunter.

Lange genug hatten ihm Leute, die ihn näher kannten, zu verstehen gegeben, es sei lächerlich bis charakterlos, wenn einem alles recht sei. Hassen muß man können, dann mögen sie einen. Und da er auch gemocht sein wollte, hatte er immer wieder nach etwas zum Hassen gesucht. Und hatte nichts gefunden.

Nachträglich hatte er das Gefühl, er sei in einem grünen Tal geboren worden, sei dann aus dem Tal hinausgefahren, in immer schnellere Züge eingestiegen, in der Großstadt verschwunden. Dort fand er sich als einen Verehrenden wieder. Was ihm begegnete, begeisterte ihn. Er spürte in sich eine unerschöpfliche Verehrungskraft. Er hatte keinen ausgebildeten Geschmack, der ihn zwang, alles, was ihm begegnete, zu beurteilen. Er hatte auch kein Selbstgefühl, das ihn gezwungen hätte, andere zu bewerten. Er hatte nichts als eine Art Erlebnishunger. Der allerdings schien unersättlich zu sein. Die noch nie gesehene Farbe eines Gelees in einer Bahnhofbuffetvitrine, die farbige Unflätigkeit und simpelste Märchenhaftigkeit der jede Woche wechselnden, immer frisch gemalten Filmreklame, die wie für ein Elefantenparadies entworfenen Säulenreihen der Prachtgebäude des 19. Jahrhunderts, ihm war nichts zu groß und nichts zu klein. Das ist das Gute, ja sogar das Schöne, wenn man keinen Geschmack hat: es gefällt einem viel; eigentlich alles. So wurde er ein Lobredner des Seienden. Er bemerkte, daß andere unter vielem, was ihnen begegnete, geradezu litten, so wenig gefiel es ihnen. Kleider, Gesichter, Gedichte, Autos, Fassaden, Politiker, Frisuren, Filme, Urlaubsorte. Alles, was zu sehen und zu hören war, konnte offenbar auch vehement mißfallen. Er merkte, er war in eine Urteilskultur hineingeraten. Das war ja zu Hause nicht so gewesen. In der kleinen Stadt, in der er aufgewachsen war, konnte jeder gelten. Natürlich wollte auch jeder mehr gelten als der andere; aber er versuchte das nicht dadurch zu erreichen, daß er den anderen heruntermachte, sondern dadurch, daß er sich erhöhte. Man gab einfach an. Wer mehr angab, galt aber deswegen nicht mehr, weil jeder sah, daß der nur angab. Der galt dann eben als ein Angeber. Es muß da eine Art Urübereinstimmung gegeben haben, daß alle gleich seien und daß trotzdem viele versuchten, über ihre Gleichheit mit allen anderen hinwegzutäuschen. Man wußte praktisch von jedem, was er war, und wußte ebenso genau, was er sein wollte. Mindestens zwei Bilder hatte jeder von jedem im Kopf. Es gab aber auch viele, die überhaupt nicht angaben und trotzdem Geltung hatten. Das waren eher stille Männer und Frauen, die, ohne daß sie besser sein wollten als ein anderer oder eine andere, doch eine einzigartige Geltung hatten. Jeder und jede für sich. Bei aller Gleichheit eine Einzigartigkeit der einzelnen. Jeder und jede eine Würde für sich, eine Komik für sich, ein Stolz für sich, eine eigene Art Frömmigkeit. Sylvios Vater war der Inbegriff eines Nichtangebers. Als er früh starb, kam Sylvio aus dem kleinen Flecken im Allgäu hinüber ins Forsthaus, zum Ambacher Großvater, dann in die Großstadt. Der Western begann. Vielleicht hätte, wenn er Apotheker geblieben wäre, sein Talent zu verehren genügt. Für alles. Aber er war noch nie das gewesen, was er sein sollte. Er hatte, so weit er zurückdenken konnte, immer über das hinausgelebt, was gerade sein Leben war. Der Apotheker, der zuerst Pianist sein wollte, wollte, sobald er Apotheker war, Schriftsteller sein. Aber er war noch keine Sekunde lang der Schriftsteller, der er hatte werden wollen, der er immer noch werden wollte. Er lebte immer noch über das hinaus, was er war. Es fehlte ihm immer noch etwas. Eigentlich alles. Am meisten fehlte ihm Mut. Er empfand sich als feige, weil er die Verurteilungskultur, in die er geraten war, nicht durch literarische Taten schwächte, außer Kraft setzte, ein Buch lang oder zehn

Zeilen lang. Der Lobredner alles Seienden zu sein, das war und ist immer noch seine Sehnsucht. Die er verschweigt. Der Feigling. Er hat Angst, noch lächerlicher dazustehen, als er ohnehin schon dasteht. Diese Grundstimmung seines Lebens, daß ihm alles recht ist, darf er niemanden merken lassen. Das ist überhaupt das Schlimmste, merken zu lassen, wie man gestimmt ist. Wenn er zugäbe, wie und was er dachte, wäre er verloren. Weggefegt würde er vom Hohn, von der Verachtung derer, die den Ausschlag geben. Wer nur schreibt, glaubt Sylvio, der müßte aber zugeben, daß ihm alles recht ist. Sonst müßte er ja etwas tun zur Verbesserung dessen, was ihm nicht recht ist. Aber die Meinungstycoons und Ausdrucksfürsten, die in perfekter, nämlich kritischster Symbiose mit den Mächtigsten der Welt dieser Welt ihre Verächtlichkeit bescheinigen, tun nichts, als allem seine Verächtlichkeit zu bescheinigen. Er, weil er glaubt, nichts tun zu können, möchte gestehen, daß ihm alles recht sei. Ihm ist ja nicht nur alles recht, viel schlimmer, er möchte alles loben und preisen. Und möchte sich so tätiger vorkommen als die ununterbrochen kritisch Aktiven, die durch ihre Kritik in allem Kritisierten die Verteidigungs- und Beharrungskräfte mobilisieren. Ist das nicht vorstellbar? Ihm wäre es am liebsten so. Durch sein Loben und Preisen wird deutlich genug, daß das Gelobte und Gepriesene seinem Lob und Preis nicht gewachsen ist. Manchmal bildete er sich tatsächlich ein, dies sei die glimpflichste Art, zur Veränderung beizutragen. Auf jeden Fall wäre es seine Art. Wahrscheinlich ist er fortschrittsgläubig. Fortschrittssüchtig sogar. Dazu gehört die Verehrung dessen, was gerade ist. Aber er verehrt etwas nicht, um seinen Untergang zu beschleunigen. Das wäre das Gegenteil des ihm Möglichen gewesen. Er verehrt zwecklos. Er verehrt, weil ihm Verehren liegt. Daß dadurch das Leben im Verehrten sozusagen einschläft und so die nächste Epoche geweckt wird, ist ihm nicht deutlicher, als Musik sein kann.

Er konnte sich wieder nicht wehren gegen diesen Gedankenfluß.

Neulich nachts war im Traum eine Ballett-Truppe aus schwarzen Liliputanern aufgetreten, alle hatten sich die Nasen zugehalten und im Chor gebrüllt: Wir hassen Kern. Sylvio war, als er erwachte, fast stolz gewesen. Endlich war er einmal gehaßt worden. Gewöhnt ist er, daß man ihn verachtet. Nicht einmal so sehr ihn, nur das, was er macht. Ihn mag man sogar. Ihm zuliebe verbirgt man sogar, daß man verachtet, was er macht. Herbert, sein Verleger, ist ein Meister der Verachtungsverbergung. Verachtung zu verbergen, hat Herbert von Kind an gelernt, vom Vater, Großvater, alles Verleger, Verachtungsverberger. Und wissen nicht, wie durchschaubar sie sind. Alles kann man verbergen, Haß, Liebe, Neid und Eifersucht, Verachtung aber dringt aus den Poren, kränkt die Vokale beim Grüßen, läßt die Grußhand erschlaffen und löscht den Blick, macht ihn kalt. Man kann, das hat Sylvio gelernt, Verachtung nicht verbergen. Wer ist man? Man? Man ist einfach jünger, freier, entwickelter, mutiger, fortschrittlicher. Man ist nicht kleinbürgerlich wie du. Nicht konservativ wie du. Borniert wie du. Man ist wunderbar. Du bist verkrüppelt. Du bist nicht einverstanden mit dem, was du machst, aber du machst es trotzdem. Man macht aber, was man will. Man ist frei. Obwohl du nicht einverstanden bist mit dem, was du machst, verachtest du nicht, was du machst. Du schaffst es immer noch nicht, deine Arbeit so zu verachten, wie sie verachtet gehört. Könntest du das, herrschte wieder schönste Übereinstimmung, der Umgang mit allen wäre problemlos. Sylvio nahm sich wieder einmal vor, Gelegenheiten, bei denen andere sich gezwungen sehen könnten, sich über seine Arbeit zu äußern, zu meiden. Hast du nicht heute erlebt, was dabei herauskommt! Konstruiere aus deinem Leben eine nie mehr enden könnende Ausweichbewegung. War dein Leben je etwas anderes? An dieser Stelle war der Name Annelie fällig. Sie hatte seine Flucht gestoppt. Durch ihr unflätiges Ja. Sie machte keine Unterschiede zwischen ihm und ihm. Sie konnte ihn glaubhaft bejahen. Die Flucht schien beendet zu sein. Ihm war noch nie jemand begegnet, der so Ja sagen konnte. Annelie konnte verehren. Wie komisch Verehren wirken kann, sah er an Annelie. Sie konnte nichts so gut wie verehren. Endlich eine wie er, eine, die nicht Teil der Verurteilungskultur war. Annelie, ein Genie der Verehrung. Begabt durch ihre eigene wilde Biographie, aus der andauernd etwas in den jeweiligen Augenblick sprudelte. Annelie, eine geradezu maßlose Mädchendarbietung, die aus vielen Kulturkreisen gespeist zu sein schien. Alles vollkommen unglaubwürdig. Alles vollkommen überwältigend. Alles der pure Schund. Alles ein Höchstes Lied. Alles der reine Schwindel. Und immer schloß sie nach einer ihrer verbalen Stichflammen ebenso erschöpft wie scheu: Laß mich das dir sagen. Was Annelie alles sagte zu ihm, konnte ihr gar nicht bei ihm und zu ihm eingefallen sein. Was sie da sang und pries, das war er alles nicht, das hatte er alles nicht. Dieses heftige Ansingen und rücksichtslose Loben muß offenbar des öfteren von Männern erwartet oder gar verlangt werden. Die Frauen liefern es. Es bewährt sich. Jetzt beten alle Frauen jede Nacht: Du bist der und der und das und das und was du hast, ist so und so. Und die Männer, die das bestellt haben, glauben das. Sie vergessen, daß sie das Lippengebet selber bestellt haben. Wenn Annelie nicht gar so übertrieben hätte, hätte er ihr vielleicht auch geglaubt. Hatte er ihr denn nicht geglaubt? Er hatte. Ihm war ihre Dienstleistungsvirtuosität ganz genau so sympathisch wie unsympathisch gewesen. Er wollte das doch gar nicht, was er da wollte. Und diese Restlosverschmelzung. Essentrinkenkleidenträumenhörensehentastenfühlen ... alles wurde anneliesiert. Sie ließ nichts aus. Er war endlich erlöst. Von sich. Von allem. Durch ihre Kraft, ihre Gunst, ihren Bann. Damals war Annelie gerade noch mit einem Jünger der

Methode Feldenkrais verbunden, praktizierte schon lebhaft mit, hatte gerade einen Studenten des 31. Semesters so aufgerichtet, daß der das Zimmer, in dem er seine Schlußprüfung ablegen sollte, mit dem Satz betrat: Fürchtet euch nicht, ich bin es. Annelie wäre sogar ins Kernsche Haus gezogen, als sich herausstellte, daß Sylvio nicht ausziehen konnte. Aber Ellen war für solchen Zuzug nicht zu haben. Ihr grauste sogar davor. Sie oder ich, sagte Ellen damals. Sylvio hatte geglaubt, mit diesen zwei Frauen wäre er über sich hinausgewachsen, hätte er eine Riesenkraft entwickelt, wäre er nie mehr feige gewesen und hätte zum ersten Mal versuchen können, seinen immer verschnörkelter werdenden Vorsichtsstil wie mit einem gewaltigen Schlag zu begradigen. Aber Ellen konnte nicht. Er fand es erstaunlich, daß Ellen nicht begriff, was auf dem Spiel stand. Er, mit sechzig, tritt plötzlich auf wie noch nie ... Ellen konnte nicht. Und Ellen verlassen zu können, konnte er da schon nicht mehr hoffen. In der schlimmsten Hinundherzeit bat er Annelie, um mit ihr anzugeben, ihn zum Abendessen mit seinem Verleger zu begleiten. In Salzburg war das. Acht Tage später stellte sich heraus, daß sie schon seit vierzehn Tagen dessen Geliebte war. Ihn erinnerte der Vorgang an Musil. Hat der auch eine Annelie gekannt? Annelie kalkulierte vielleicht noch radikaler als er selbst. Will er sich immer noch einzigartig vorkommen? Wäre er eine Frau, würde er Herbert auch sich selbst vorziehen. Sie hat einfach ein bißchen vorausempfunden, wie es laufen würde, laufen mußte. Sie hatte schon, als er noch dran war, zu schreiben begonnen. Das gehörte zu ihrer Restlosverschmelzungsphilosophie. Eine Zeit lang war sie die Frau des Europameisters in lateinamerikanischen Tänzen gewesen. Auch auf dem Profiparkett. Eine Zeit lang die Frau des Gründers des Boston String Quartetts. Sie als Viola. Eine Zeit lang Frau und rechte Hand des berühmtesten philippinischen Wunderheilers, dessen Namen sie aber, weil es zu gefährlich gewesen wäre, sagte sie, nie aussprach. Dann Assistentin des Feldenkrais-Jüngers. Folgerichtig hat sie, als sie es einem Schriftsteller rechtmachte, zu schreiben begonnen.

Die typische Imponierbiographie eben, die alle montieren, die der öffentlichen Meinung, dieser andauernd überfütterten Götzin, opfern müssen. Dieses Datendesign ist zwar immer montierte Erfindung, aber deshalb kein bißchen weniger wahr als der treuherzige Wirklichkeitsverschnitt. Sylvio hatte der Schwung zum Datendesign immer gefehlt. Voller Neid und Bewunderung hatte er gelesen, daß seine Kollegen Schlagzeuger, Orangenpflücker oder wenigstens Psychiater gewesen waren, bevor sie sich übers farblose Papier gebeugt hatten. Försterenkel, Volksschauspielerenkel, Apothekersohn und selber Apotheker, das war seine Simpelstrecke, sein biederes Design. Annelies Datenlyrik hatte ihn sofort elektrisiert. Sie war überhaupt die praktizierende Lyrikerin. Mit dem ersten Buch (ECHT FRAU) wird sie sofort berühmt.

Sofort hat sie das zweite Buch fertig: VOLLMOHN.
Und Schluß. Kein Buch mehr. Aber eine Medienallge-
genwart. Und sieht beim hundertsten Fernsehauftritt
aus wie beim ersten und genau so wie auf jedem Foto.
Sie setzt ihre Ikone durch wie Charlie Chaplin seine.
Wenn Sylvio irgendwohin kam, wo man ihn eigentlich
vom Foto her kennen sollte, wurde er so gut wie nie
erkannt. Er sah keinem seiner Fotos gleich. Auf jedem
neuen Foto sah er wieder völlig anders aus. Wer ihn
vom Zug abholen wollte, dem schrieb er, er werde
einen roten Schal und eine gelbe Aktentasche tragen.
Es war ihm peinlich, daß er es nach so langer Zeit immer noch nicht zu einem Gesicht gebracht hatte, das
beim Abbilden nicht verloren ging. Annelie, das reine
Gegenteil. Ihr Signalement triumphiert über jede Re-
produktion. Die sich wie im Magnetgewitter sträuben-
den gelb gefärbten Ponies, die bis zu den Hüften
reichende Kupferhaarflut und die viermal um den
langdünnen Hals gewundene Kette, die dann mit einem Schlangenkopf schließt –, das war schon mehr ein
Image als ein Foto. In den Talk Shows, in denen man
sie jede Woche sehen kann, zaubert sie, singt sie (In-
dio-Lieder), heilt sie, rät und redet sie. Und redet
wunderbar. Wunderbar leise nämlich. Als werde ihr
jedes Wort eben so leise von tief innen gesagt und sie
sage es nur weiter. So wirkt sie – und das ist ihr Erfolg –
authentisch. Sie ist keine Feministin. Allenfalls eine
antifeministische Feministin. Ach ja. Das schon. Es
müssen doch nicht immer alle vom Dafürsein leben.

Mindestens die Hälfte kann genau so gut vom Dagegensein leben. Wozu gäbe es sonst die Psychoanalyse, den Marxismus, Strukturalismus, Dekonstruktivismus, und so fort. Die Restlosverschmolzenheit mit dem Verleger dauerte offenbar nicht so lange wie die mit Sylvio. Sylvio paßte nicht auf, wo Annelie dann hingeriet. Annelie hatte aber immer noch Kraft und Lust, ihn dann und wann wissen zu lassen, wie sehr sie bedaure, ihn näher kennengelernt zu haben. Enttäuschungen seien in ihrem Leben, obwohl sie alles andere als vorsichtig lebe, noch nicht vorgekommen. Er sei eine. Und was für eine. So kleinlichpeinlichreinlichkleinbürgerlich – WOW. So hatte sie's auf einer von Temperament sprühenden Postkarte aus der Karibik ausgedrückt. Erstaunlich, daß ihr heftig pulsierendes Leben ihr dazu noch Zeit ließ. Wenn ich etwas bereue, dann dich, so ihr letzter Karibiksatz. Nie hatte jemand sein Schriftliches so stürmisch verehrt wie Annelie. Dann lernt sie ihn kennen. Dann das. Also: nicht aus dem Haus gehen! Bleib, wo du hingehörst, auf dem Papier. Sylvio hatte das Gefühl, Annelies Verachtung sei gründlicher als jede andere bisher von ihm erlebte Verachtung. Wenn er an Annelie dachte, sagte er sozusagen in Annelies Richtung: Deine Verachtung ist ausschlaggebend.

Ihm fehlte jetzt einfach der Burgunder. Das Burgunderglas in der Vorhalle. Alf, sagte er vor sich hin. Und der sagte: Ja, Papa. Sylvio hatte überhaupt nicht gerufen. Eher geflüstert hatte er den Namen. Und der, der als schlechthin unanrufbar gilt, sagt sofort, wenn auch so leise wie immer, so leise, als spreche er auch nur vor sich hin: Ja, Papa. Das klang nicht wie eine Frage, sondern wie eine Bestätigung. Und weil es nicht wie eine Frage klang, konnte Sylvio nicht sagen: Hole mir das Glas. Auch wäre es ihm wie ein Mißbrauch des überraschend hergestellten Kontaktes vorgekommen, wenn er nachträglich zugegeben hätte, daß er nur Alf gesagt hatte, damit er seinen Burgunder kriege. Er wußte nicht, was er sagen sollte. Das Schweigen klang, als hörten beide dem Föhnsturm zu. Der war schwächer geworden. Nachher würden Sylvi und der Widersacher zurückkommen, und Sylvio würde den Widersacher bitten, ihm das Weinglas zu holen, nicht Sylvi. Er würde sofort sehen, ob der Widersacher Sylvi belästigt hatte. Eigentlich unvorstellbar. Sylvi würde ihn ... töten. Mit dem alten Bootshaken, der in der Hütte hängt. Nach der Mutter die Tochter! Er konnte sich das jetzt nicht vorstellen. In seinem Entwurf hatte er es vorschnell so geschehen lassen. In der Ausarbeitung setzte sich dann immer das Mögliche durch. Zuerst die Mutter, dann die Tochter ... Reizvoll, widerwärtig, unmöglich. Gib's zu. Abgesehen davon: die Tochter läßt sich das nicht bieten. Nie und nimmer. Heraufrennen würde sie. Schreien. Alf würde zum ersten Mal aufspringen, würde in der Ecke, in der der Schaukelstuhl stand, noch das von der Wand reißen, was in der Familie ein bißchen spöttisch das Allerheiligste hieß, den Sappie, das vom Urgroßvater zeugende Holzfällerwerkzeug, eine gewaltige Eisenspitze, die sich von einem dicken Holzstiel wegschwingt. Oder er würde nach dem auch zum Hausaltar gehörenden Tiroler Schäleisen greifen, dem etwas zarteren Gerät, auf jeden Fall würde er, sobald er das Urgroßvater-Werkzeug in den Händen hätte, von der Kraft und Einfachheit des Gefühls ergriffen werden, gerade als lebe er noch von Mehl, Wasser, Salz und Schmalz irgendwo bei Ruhpolding, das heißt, er würde den Widersacher erschlagen. Wie wenn er noch in der Urgroßvaterzeit lebte. Das war die Zeit, in der die ganze Lebensleistung in einer einzigen Grabsteinzeile auszudrücken war: *Johann Baptist Kern Hausbesitzer von hier.* Dann käme also Ellen. Man würde ihr den vom Sappie-Schlag zerrissenen Geliebten liefern. Bitte, schön. Herzliches Beileid. Es tut uns wirklich leid. Ach Alf. Das wäre einmal wieder etwas Gemeinsames. Aber ich hasse diesen Mann viel zu wenig. Von mir aus soll der hundert werden. Der soll ruhig sein dafür zur Verfügung stehendes Teil in der bei Ellen dafür vorgesehenen Partie unterbringen. Da verkehren doch wirklich Gattungen mit einander. Personen sind nicht gefragt. Der Geschlechtsverkehr, die größtmögliche Verallgemeinerung des einzelnen. Das ist ja auch das Schöne bei diesem Aufeinandertreffen, daß man mit einander nichts zu tun hat. Je wildfremder, um so schöner. Sehen, stehen, gehen, basta. Persönlich wird's doch nur, wenn irgendetwas nicht klappt dabei. Wenn alles gut geht, weiß man zum Glück nachher nichts vom anderen. Zwei Bewegungsarten werden eine Bewegungsart. Vorübergehend. Untreue? Wie, bitte? Er ist Ellen nie untreu gewesen. Er hat sie nie verraten. Daß Ellen dich verrät, ist nicht vorstellbar. Sie wird die Formeln abliefern, die der Herr verlangt. Das Mobilisieren und Aufsagen der Hingabeformeln ist so konventionell wie Händedruck und Winken. Und wenn Ellen dem den Begleittext sagt, wie sie ihn dir noch nie gesagt hat?! Sylvio glaubte daran, daß in jeder flüchtigen Partykonversation Unwahrscheinliches passieren konnte, nicht aber bei dem Geschlechtsverkehr. Dieses Außersichsein war ja die Garantie dafür, daß beide, je mehr sie außer sich waren, um so weniger sie selbst waren. Also konnte Ellen, je mehr sie außer sich war, ihn um so weniger verraten. Erinnere dich, Ellen, wenn wir telephonanierten! Das kann sie doch nicht mit dem! Dazu gehört nun wirklich die dritte Wellenlänge, die aus zweien entsteht. Wahrscheinlich waren Ellen und er einander nie so nah gewesen wie bei ihren Ferngesprächen. Oder du bist wirklich so naiv, wie sie sagen. Oder du bist gravierender fünfundsechzig, als du wahrhaben willst. Wie wäre es, sich allmählich mit dem am meisten abgewehrten Wort zu befreunden? Senil. Und sofort sagte er sich, er hasse EME wirklich. So lange er heftig haßte, war er nicht senil. Er glaubte sich das nicht. Und wenn er diesen Herrn hassen würde, dann nicht, weil der Ellen beigebracht hatte zu sagen, sie liebe ihn. Aber auch das wurde keine Position. Gib doch zu, du haßt ihn nur nicht, weil du neulich in der Zeitung gelesen hast, Haß mache unproduktiv, Haß sei überhaupt unfruchtbar, seitdem traust du dich nicht mehr zu hassen. Dir kann man gar alles aus- oder einreden, denn du bist schlechterdings nichts. Ach ja. Ich pflege den Kleinheitswahn, seit ich Leute mit Größenwahn erlebt habe. Größenwahn ohne Begabung –, gibt es Schlimmeres? Aber schaden möchtest du dem Widersacher schon. Wenigstens auf dem Papier! Ach ja. Der kommt ins Haus und tut so, als habe er gar nicht gelesen, was ich nicht über ihn und nicht gegen ihn, sondern als Antwort auf ihn geschrieben habe. Das erst ist schlimm! Das ist der Gipfel der Westernkurve! Der Widersacher tut so, als habe er meinen Schlag überhaupt nicht bemerkt. Er kommt her, ich falle von selbst, er trägt mich ins Haus, zieht mit meiner Tochter davon. Das Nichtgelingen aller Vergeltung. Ach was, Vergeltung! Genugtuung reichte. Es gibt keine Genugtuung. Wenn du das einsehen würdest, wäre die Folge der Demütigungen für immer gestoppt. Aber du verlangst nach immer neuen Runden. Bis zur endgültigen Erniedrigung. Sylvi hat dir die heutige Pleite ersparen wollen, aber du ... Es reicht, es reicht. Der Verleger hatte sofort, als er das Manuskript gelesen hatte, gebeten, diesen Anfang zu streichen. Was soll denn der Erlkönig machen, wenn er ein Buch liest, das mit *Es reicht, es reicht* anfängt! Da könne der doch seine Kritik nur mit *Uns auch* anfangen. Schließlich sei es nun einmal die kritische Genialität des Erlkönigs, Sätze eines Autors so in Dienst zu nehmen, daß sie nur noch gegen den Autor sprechen. Deshalb habe der Autor, verflucht noch mal, solche Sätze zu vermeiden.

Der Verleger war mit dem Erlkönig nicht nur befreundet, er war ihm auch sehr ähnlich. Vielleicht beneidet er dessen Fähigkeit, sich jeweils beim Autor so zu verproviantieren, daß seinem Hohn Flügel wachsen, die er selber nicht hat. Der Verleger und der Erlkönig telephonieren täglich mit einander. Oft mehrmals täglich. Der Verleger rechtfertigt das mit Metaphern aus dem Militärwesen. Dafür hat er das Wort Aufklärung. In Zeiten, in denen Sylvio schon das bloße Dasein als eine Überforderung empfindet, ist er ganz sicher, daß der Verleger und der Erlkönig gemeinsam gegen ihn arbeiten, ihr Ziel: seine Vernichtung. Das sie einigende Motiv: zwei so lebenssüchtige, von nichts genug kriegen könnende Männer müssen, ob sie wollen oder nicht, einen solchen Schwächling und Feigling wie ihn, der auch, wenn er Gelegenheit hat, der volle Rohling ist, ausmerzen. Ausschalten auf jeden Fall. Das kommt einer Ausmerzung gleich. Das ist sozusagen die kulturhygienische Sanitätsmission solcher Männer. Alle paar Tage ruft zur Zeit der Verleger ihn an, um ihm mitzuteilen, auf welcher Seite der Erlkönig inzwischen angelangt sei und wie er wieder reagiert habe. Der Erlkönig kündigt seine sich allmählich aufbauende Stimmung an wie der Mann an der Wetterkarte die über dem Atlantik sich zusammenbrauenden Tiefs. Ach ja. Aber wenn der Erlkönig dann einmal lobt, ist er noch vernichtender, als wenn er vernichtet. Die Verlagsreklamen triefen von solchen Erlkönigzitaten. Erst gestern hat Sylvio gelesen, die Prosa eines amerikanischen Autors *gehört zum Unterhaltsamsten, was sich in der Weltliteratur unserer Jahre finden läßt.* Vor einer solchen Banalitätspotenz plus Potenzbanalität muß man sich fürchten.

Sylvio fühlte sich gewappnet und wußte, daß er es nicht war. Die meisten Erfahrungen, die er macht, hält er für unmöglich, auch nachdem er sie gemacht hat. Seine Bekannten zögern nicht, ihn deshalb naiv zu nennen. Er soll endlich etwas dazulernen. Er will ja. Aber er kann nicht. Hat er nicht geglaubt, Herr Müller-Ernst komme ins Haus, um mit ihm über das Buch zu sprechen! Daß jemand zu einem Schriftsteller ins Haus geht, der gerade ein Buch veröffentlicht hat, und dann dieses Buch überhaupt nicht erwähnt –, das hätte Sylvio, wenn er es nicht gerade erlebt hätte, für unmöglich gehalten. Heute vormittag hätte er gelacht, wenn ihm das jemand als Möglichkeit hätte weismachen wollen. So roh ist der Mensch nicht, hätte er gerufen, so roh nicht! Hören Sie auf! Niemand kann so empfindungsarm, so vorstellungsschwach sein, einen Schriftsteller zu besuchen, der gerade ein Buch veröffentlicht hat, und das dann dem Schriftsteller gegenüber gar nicht erwähnen! So roh ist der Mensch nicht! Ausgenommen Herr Müller-Ernst. Das weiß er jetzt. Es reicht, es reicht. Am liebsten hätte er nur noch das vor sich hin gesagt. Es reicht, es reicht. Andererseits

Ellen zu ihm: Du merkst auch nur, wenn du verletzt wirst. Daß du andauernd andere verletzt, merkst du nicht.

Gib wenigstens zu, daß Sylvi recht hatte. Du hättest diesem Menschen nicht begegnen dürfen. Es war ein Fehler. Die Folgen der Fehler sind größer als die Fehler. Überall. Die Welt bestraft eben gern.

Sylvi kam über die Terrasse herein. Sie war allein. Sylvio spürte schon, als sie den ersten Schritt von der Tür weg tat, daß sie nicht mit ihm sprechen würde. Die Distanz, die sie mit jenem Satz produziert hatte, konnte sie offenbar nicht so schnell überwinden. Diese Distanz wird bleiben, auch wenn sie wieder sprechen können miteinander. Sie werden sicher schon bald wieder so gefühlvoll mit einander umgehen wie vor dem Satz. Nur eine Art Schwere wird allen Gefühlen beigemischt sein. Eigentlich Trauer. Darüber, daß es so ist. Wie sie gesagt hat.

Sylvi ging zu Alf, beugte sich zu dem hin, flüsterte. Alf stand sofort auf, ging in die Vorhalle, telephonierte. Wenn er ging, ging er immer, als wolle er beweisen, daß er locker sei, seine Gelenke in jede beliebige Richtung werfen könne. Es sah aus, als strenge ihn sein Lockersein an.

Sobald Alf seinen Schaukelstuhl verlassen hatte, hatte sich Sylvi hineingesetzt. Erstaunlich, daß Alf ohne Widerrede tat, worum sie ihn gebeten hatte. Er telephonierte. Sylvio verstand nicht, was er sagte. Der Sturm war doch noch zu laut. Nachts, wenn es vollkommen still war, verstand man durch die Schwingtüre jedes Wort, das in der Vorhalle gesprochen wurde. Ellen wußte das auch. Wenn sie mit EME telephonierte, sprach sie immer ganz gekünstelt. Sie mied alles, was den in der Halle mithörenden Sylvio hätte verletzen können. Das bewies ihm, daß sie mit diesem EME nur eine Art Urlaub verbrachte. Sie war unterwegs mit ihm. Sie würde zurückkommen. Sie war gar nicht fort. Es tat ihr gut, so zu tun, als sei sie fort. Hoffte er. Ach ja.

Alf kam herein, ging sofort auf seinen Vater zu und teilte dem mit, daß Herr Müller-Ernst vom Surfen nicht ans Land zurückgekommen sei, er, Alf, habe gerade die Polizei verständigt. Die Polizeihubschrauberstaffel in Neubiberg habe sofort zwei Maschinen, die gerade in der Nähe sind, zum Sucheinsatz dirigiert, die Wasserschutzpolizei sei mit ihrem Boot schon in Richtung Ambach unterwegs

Sylvio stand sofort auf, er spürte seinen Fuß nicht mehr. Er ging zu Sylvi hinüber, streichelte sie. Von drüben wieder Arthurs Trompete. Alf legte auch eine Hand auf Sylvis Schulter.

Sylvio sagte: Gesurft?

Sylvi nickte.

Sylvio sagte: Der Sturm läßt langsam nach.

Sylvi nickte. Auch Alf schaute kurz hinaus, dann wieder auf Sylvi. Das wirkte, als wolle er seine Schwester beschützen, als dürfe er sie keine Sekunde aus den Augen lassen. Sylvio spürte, daß er nicht merken lassen durfte, wie sehr ihn Alfs Besorgtsein überrasche. Neben dem Schaukelstuhl stand ein Tischchen, auf dem stapelte Alf seine Sakom-Hefte. Aber zwei, vielleicht sogar drei Gläser hatten neben dem Stapel Cello-Schul-Hefte Platz. Sylvio ging, vorsichtig auftretend, hinaus und kam mit Glas und Flasche zurück. Dann holte er noch zwei Gläser. Dann zwei Stühle. Er konnte zwar nur langsam gehen, aber schließlich saß er, hatte sein Glas in der Hand und lud Alf ein, sich auch zu setzen. Der lehnte ab. Er sagte, er müsse pak-ken. Vom 1. Juni an wohne er drüben in Bernried. Inzwischen gebe es so viele Seniorinnen und Senioren, die im Orchester mitspielen wollten, daß er ein zweites Orchester bilden müsse. Die Damen und Herren seien übereingekommen, ihn fest anzustellen, das heißt, er müsse täglich da sein. Entschuldige, Sylvi, sagte er. Und ging in seiner erzwungen lockeren Art hinaus.

Sylvio wußte, daß er, wenn er mit Sylvi allein war, nichts mehr sagen konnte. Es sei denn, sie finge an. Sie fing nicht an. Sie sah nicht, wie Alf es getan hatte, zur Balkendecke, sondern geradeaus, hinaus in die vom abflauenden Sturm noch bewegten Bäume und Bü-sche. Das sah aus, als seien Bäume und Büsche inzwi-schen müde.

Daß Sylvi jetzt nicht auf die sensationelle Mitteilung ihres Bruders reagierte, daß sie nicht Alf brüllte, ihm nicht nachrannte, um ihn zu umarmen, zu küssen für diese wunderbare Mitteilung, Alf ist erlöst, gerettet, Alf ist auferstanden aus der Erstarrung, tritt an eine fabelhafte Position in Bernried –, daß Sylvi das kein bißchen zur Kenntnis nimmt, kann nur Schlimmes bedeuten. Sylvio griff möglichst langsam nach dem Glas, trank so gut wie nicht, er wollte nicht auffallen. Später kehrte Alf zurück, stellte sich auf die andere Seite des Schaukelstuhls, legte wieder eine Hand auf Sylvis Schulter. Sylvio spürte, die beiden waren in einer Stimmung, die er noch nicht begriff. Der See war zwar, um länger darin zu schwimmen, noch zu kalt, aber Herr Müller-Ernst hatte doch das Surfbrett, darauf konnte er sich von den Wellen ans Land treiben lassen. Diese Endgültigkeitsstimmung der beiden lehnte er ab. Die führten etwas auf. Er hätte gern gefragt: Um welches Stück handelt es sich? Durfte er nicht. Er hätte Sylvi gern geholfen. Saß sie so, um ihn fernzuhalten? Brauchte sie ihn nicht? Sie brauchte ihn doch.

Sylvi, sagte er.

Er konnte sich nicht mehr beherrschen. Kaum hatte er ihren Namen ausgesprochen, fing sie an zu weinen. Laut, schlimm, unerträglich. Er stand auf. Alf und er hielten Sylvi jetzt von beiden Seiten. Sie sagte etwas, was er, weil sie dabei weiterweinte, nicht verstand. Sylvio dachte: Wenn bloß dieser Trompeter aufhören würde.

Als Ellen eintrat, weinte Sylvi immer noch. Nicht mehr so laut. Jetzt wimmerte sie mehr, als sie weinte. Alf sagte über Sylvi hinweg zur Mutter hin: Herr Müller-Ernest wird vermißt. Er wollte surfen. Mit Sylvi. Die Polizei ist verständigt. Sie suchen den See schon mit Hubschraubern ab.

Ellen schüttelte den Kopf. Sie behielt ihre lange Jacke an, sie hatte ihre Tasche über der Schulter, sie schüttelte den Kopf. Mehrmals. Jäh, energisch. So, wie man, wenn man die Hände nicht frei hat, hofft, durch jähe Kopfbewegung eine Fliege aus dem Gesicht zu verscheuchen. Jetzt standen sie zu dritt um Sylvi herum. Plötzlich ging Alf hinaus und kam mit Sylvis Bademantel zurück. Er legte ihn ihr um. Sie ließ es sich gefallen, schlüpfte sogar in die Ärmel. Sylvio war froh, daß Alf gesprochen hatte. Er hatte das Gefühl, Ellen habe noch nicht wahrgenommen, daß er, ihr Mann, auch da sei. Er schaute zu Sylvi hin, aber er hätte es bemerkt, wenn Ellen, die jetzt vor Sylvi stand, zu ihm hingeschaut hätte. Wie unwichtig war er eigentlich für Ellen? Vielleicht täuschte er sich doch. Vielleicht brauchte sie ihn wirklich nicht mehr. Worauf gründet sich eigentlich sein Gefühl, daß Herr Müller-Ernst nicht zähle, nicht in Frage komme, für Ellen? War das Hochmut? Der kommt ins Haus und erwähnt das Buch nicht. So einer kommt doch nicht in Frage. Auch für Ellen nicht. Sylvio hatte eine Diskussion erwartet. Etwa: Dieser Rohling, das soll ich sein, aber das bin ich doch überhaupt nicht. Dann hätte EME aufgezählt, was ihn vom Rohling unterscheide. Und Sylvio hätte ihm zugestimmt, hätte gesagt: Natürlich sind Sie das nicht, Herr Müller-Ernst. Natürlich protestieren Sie mit Recht dagegen, daß Sie dieser Rohling sein sollen. Das, Herr Müller-Ernst, ist eine alte Erfahrung: Leute kommen zum Schreiber und protestieren dagegen, so dargestellt zu werden, das seien sie nun wirklich nicht. Und der Schreiber kann nur zustimmen. Sie sind's nicht, Herr Müller-Ernst. Sie hier, in Fleisch und Blut, die Figur zwischen zwei Buchdeckeln, die Figur aus vierundzwanzig Buchstaben. Sowieso ist der Schreiber immer mehr drin als jeder andere, von dem man sich den rechten Schuh und das linke Ohr geliehen hat.

Aber der Herr hatte gar nicht danach gefragt.

Ellen sagte: Ich verstehe noch nicht...

Das Telephon läutete, Alf ging hinaus, kam wieder herein, Dr. von Macke habe angerufen, an seinem Ufer sei ein Surfbrett angeschwemmt worden, das zweifelsohne eins der Kerntochter sei. Er bestehe darauf, daß dieses Brett sofort abgeholt werde, weil sonst, insbesondere wenn der Sturm nachts noch einmal zunehme, eine Beschädigung oder gar Zerstörung des Motorseilzugs der Dr. von Mackeschen, von der Seenverwaltung gegen den Kernschen Einspruch genehmigten Schienen-Slipanlage nicht nur nicht auszuschließen, sondern ganz unvermeidbar sei. Hätte Herr Kern vor zwei Jahren nicht das von Dr. von Macke hartnäckig angestrebte nachbarschaftliche Einvernehmen mutwillig gebrochen und entgegen der früher von ihm gegebenen zivilrechtlichen Einwilligungserklärung die von Dr. von Macke errichtete Rampe, sprich Betonslipplatte, bei der Seenverwaltung denunziert und durch Mobilisierung aller möglichen Beziehungen deren Nichtgenehmigungsfähigkeit erstritten, dann könnte dieses jetzt strandende Surfbrett bei keinem Wellengang Schaden anrichten. Da aber Dr. von Macke durch die differente Entscheidung des Herrn Kern zur verlustreichen Entfernung der unzerstörbaren Rampe und zur Installation bloß eines einfachen, von Herrn Kern nicht mehr zu verhindernden Slipgeleises gezwungen wurde, sieht er sich jetzt genötigt, Herrn Kern für Schutzmaßnahmen zugunsten der Slipanlage vorsorglich in Anspruch zu nehmen, andernfalls aller Schaden zu Lasten Kerns gehe. Nur weil er wisse, wie schwer es sei, von Herrn Kern das zu erhalten, was einem zustehe, verstehe er sich zu dieser vorgreiflichen Unterrichtung, um so Schaden abzuwenden. Er werde jetzt seine Alarmanlagen für fünfzehn Minuten ausschalten, um Kerns Gelegenheit zu geben, das ihnen gehörende Surfbrett zurückzuholen.

Alf gab den von Macke-Text ohne jede interpretierende Färbung wieder – Sylvio bewunderte ihn dafür – und sagte dann, er gehe runter, um das Brett zu holen.

Dieser Doktor von Macke mit seinen Kameras, seinen Monitoren. So ein interessanter Mensch und doch so eine Enttäuschung. Als der einzog, hatte Sylvio sich gefreut. Ein faszinierender Nachbar, hatte er nach den ersten Unterhaltungen gedacht. Einer, dem es nirgends wohl war, der immer noch etwas und noch etwas probierte, unternahm. Ein Mund wie eine gekippte Mondsichel. Eine Augenpartie wie zwei Pistolenmündungen. Aber es war zu spät. Herr von Macke hatte, obwohl er noch längst keine sechzig war, ein Leben hinter sich, in dem er sich offenbar nur Feinde gemacht hatte. Er brauchte kein Haus, sondern eine Festung. Ein Mensch, mit dem man abends ein Glas Rotwein trinken konnte, war er nicht. In den Jahren des Kalten Krieges hatte Sylvio Herrn von Macke manchmal für einen Ostagenten gehalten. Warum beschäftigte der immerzu Handwerker, Techniker? Das Bohren, Sägen und Schleifen hörte nicht auf da drüben. Und die Dialekte, die inzwischen herüberdrangen, waren längst keine bayerischen mehr. Der beschäftigte, weil er jeden Handwerker nach getaner Arbeit mit Prozeßandrohung um seinen Lohn zu bringen versuchte, Leute von überall her. Aber da er nach dem Ende des Kalten Krieges den unendlichen Innenausbau weiter und weiter betrieb, konnte er wohl kein Agent gewesen sein. Oder hatte er in all diesen Jahren einen Palast tief in den Untergrund gebohrt, um, wenn der voraussehbare Staatsbankrott der DDR stattfinden würde, höchste Chargen vor westlicher Siegergerechtigkeit zu schützen? Zuerst hatte es ja geheißen: Sex-Zentren-Zar. Aber kann man zehn und mehr Jahre lang bohren, bauen und basteln an Genußverfeinerungs- und Obszönitätssteigerungsmaschinen? Sylvio konnte sich das nicht vorstellen. Also eben doch: politisch. Schon der Name! Dr. von Macke! Wie hatte Baumeister Haberl schon vor Jahren gesagt: Weder Doktor noch Von, aber Macke. Was alles um so einen See herum wohnt! Zum Beispiel, du.

Ellen sagte: Sylvi!?

Sylvi fing wieder an zu weinen. So laut wie vorher. Ellen streichelte sie heftig. Laß nur, sagte Ellen, laß nur. Sie streichelte sie, bis Sylvi nur noch leise wimmerte.

Alf kam zurück, sagte, es sei Sylvis ältestes Surfbrett. Aber ohne Segel.

Er stellte sich wieder neben Sylvi. Ellen ging zum Fenster, sie wollte wohl verhindern, daß man ihr jetzt ins Gesicht sehe. Herr Müller-Ernst mußte also versucht haben, das Ufer ohne Surfbrett zu erreichen. Schwierig, dachte Sylvio. Er wagte nicht, zu Ellen hinzugehen.

Alf war noch einmal durch die Terrassentür verschwunden, jetzt kam er zurück mit Kleidern und Schuhen. Der senfgelbe Zweireiher. Das blau und olivgestreifte Seidenhemd; das schwermütigste Blau mit dem herbsten Oliv. Also von Ellen. Interessant. Die leichten italienischen Schuhe. Alf trug alles in die Vorhalle. Entsetzlich, wenn er es hier irgendwo abgelegt hätte, dachte Sylvio. Ellen hatte ihm nachgeschaut. Sie hatte sich beherrscht, war am Fenster geblieben. So ein Hemd hätte Sylvio auch gern gehabt. Melancholisch wirkende Kleidung, das war sein Ideal. So einen Zirkuszweireiher würde er niemals tragen. Solche Schühchen auch nicht. Er brauchte Schuhe, die aussahen, als könne man darin besser stehen als gehen.

Wenn Ellen wenigstens ihre Tasche ablegen würde. Ihre zweireihige Jacke reichte fast so weit wie ihr Mini-Rock. Ellen machte von jeder Mode den freudigsten

Gebrauch. Er bewunderte das. Wenn er Bekleidung kaufte, wählte er sorgfältig an der Mode vorbei. Nichts wäre ihm peinlicher gewesen als der Anschein, er wolle sich modisch kleiden. Er hätte sich zwar allzu gern modisch gekleidet. Die Männermode war in den letzten Jahren immer kühner, schöner, abundanter geworden. Aber auch immer jugendlicher. Und das war die Peinlichkeit: er wollte keinesfalls den Eindruck erwecken, er wolle durch Mode jünger aussehen, als er war. Als er Herrn Müller-Ernst in diesem senfgelben Mode-Zweireiher gesehen hatte, hatte er sofort gedacht: Ach ja. Herr Müller-Ernst war sicher einige Jahre jünger als er, aber so jung, daß er diese zu kurzen Zweireiherjacken und die dann abenteuerlich hervorquellende Bundfaltenhose tragen konnte, war er, nach Sylvios Gefühl, auch nicht mehr. So einer kommt doch nicht in Frage, Ellen, hätte Sylvio gern gesagt. Aber Ellen, selber modebeflissen bis zum Exzeß, sah das wahrscheinlich anders. Die waren eben jünger. Ellen zehn Jahre, Herr Müller-Ernst vielleicht fünf Jahre. Sylvios Erfahrung: Wer ein Jahr jünger ist, hat keine Ahnung.

Nach einer Pause, in der es schon ziemlich still war, sagte Ellen noch einmal: Sylvi.

Sylvi heulte auf und sagte, ohne daß sie aufhörte zu heulen: Warum hat er das sagen müssen. Ich habe gewollt, daß ihm etwas passiert. Nicht das. Aber etwas schon.

Ellen: Was hat er gesagt?

Sylvi: Diesen Satz.

Ellen: Welchen Satz?

Sylvi sagte sehr laut, so, als müsse sie sich selber von dem, was sie sagte, überzeugen: Vorvorigen Sommer hat er gesagt: Die hat einen süßen Arsch. Zu dir, Mama. Auf der Terrasse. Als ich an euch vorbeigegangen bin. Du hast es mir nachher gesagt, daß er das gesagt hat.

Ellen schaute zu Sylvi herüber, wartete wohl, daß Sylvi noch etwas sage, aber die sagte nichts mehr. Sylvio hätte gern gesagt, daß er diesen Satz nicht so schlimm finde, aber er wußte, daß er das jetzt überhaupt nicht sagen durfte. Nicht sagen konnte. Feigling, dachte er.

Plötzlich schlugen Casti und Poldi an. Gleich darauf läutete es. Alf ging hinaus, Ellen drehte sich wieder dem Raum zu, die Hunde lärmten weiter, Alf kam zurück, die Hunde hörten nicht auf zu bellen. Die Polizei, sagte Alf. Als er angerufen habe, sei die Anschrift verlangt worden, jetzt müsse jemand mit, den Ertrunkenen zu identifizieren. Als habe sie darauf gewartet, ohne zu Sylvio her- oder zu Sylvi hinzuschauen, ging Ellen zur Tür und hinaus. Plötzlich leuchtete es ein, warum sie ihre Tasche hatte über der Schulter hängen lassen.

Sylvi sagte: Papa.

Sylvio sagte: Ja, Sylvchen.

Sylvi sagte: Nicht mehr Sylvchen, bitte.

Sylvio nickte.

Er hatte sein Glas leergetrunken. Er schenkte so vorsichtig ein, wie er getrunken hatte. Er fühlte sich berechtigt, alles so zur Kenntnis zu nehmen, wie man etwas zur Kenntnis nimmt, wenn man einige Gläser guten Weins getrunken hat. Er war kein bißchen daran interessiert, etwas als solches zur Kenntnis zu nehmen. Kein Ereignis hatte ein Anrecht auf ihn. Er war dieser Welt nicht gewachsen. Eine wunderbare Welt. Was für ein Tag war das heute gewesen. Ich bleibe ein Bewunderer des Wetters, dachte Sylvio. Aber was für eine Welt, in der man vor Zeugen nicht mehr sagen kann: Ich bleibe ein Bewunderer des Wetters. Immer passiert etwas, das diesen Satz verhindert. Die alten Tiere, tief in den Häusern. Was sie nicht mehr sagen dürfen, müssen sie schlucken.

Ach Sylvi, sagte er, um ihr zu zeigen, daß er jetzt nie mehr Sylvchen sagen werde. Denkt sie an ihren Satz? Will sie Distanz, Kälte? Er will alles, was sie will. Wenn du wüßtest, wie furchtbar du bist.

Draußen herrschte Sonnenuntergang. Die Sonne dankt dem Wind, der alles klärte, mit Glanz. Der Wind verabschiedet sich. Der Eindruck, es komplettiere sich zu einer ziemlich vollkommenen Trauer. Flüstere es dir in die Hand, Sylvio. Ach ja.

Die Hunde hatten aufgehört zu bellen, aber Arthur spielte noch. Ertrunken, dachte Sylvio. Was für ein Wort. Trunken, ertrunken. Ernest Müller-Ernst ertrunken. Von mir aus gesehen, dachte Sylvio, kann das ein Irrtum sein. Das Telephon. Alf ging, kam, zeigte auf seinen Vater. Du wirst gewünscht. Sylvio stand sofort auf. Wahrscheinlich der Verleger. Sicher hat der Erlkönig ein paar Seiten weitergelesen und neue Gemeinheiten in Aussicht gestellt. Es genügt einer, um alles zu verderben. Aber vielleicht hat der endlich etwas dazugelernt. Über Sylvio Kern. Könnte doch sein. Ach ja.

Er nahm den Hörer und hörte: Hallö-chen. Es war Annelie. Sie sprach, wie es ihre Lebhaftigkeit verlangte, gleich einmal mehrere Minuten auf Sylvio ein, um den nicht auf falsche Gedanken kommen zu lassen. Das hieß nur, daß sie nicht seinetwegen anrief. Ernest will sie sprechen. Ja, mit dem lebt sie doch zusammen. Sylvio soll bitte nicht den Ignoranten spielen. Seit über einem halben Jahr. Seit neun Monaten, einundzwanzig Tagen und jetzt haben wir halb neun – und sieben Stunden. Und jede Sekunde eine Erfüllung. Aber er kennt ja Ernest durch Ellen. Sie darf doch annehmen, daß Sylvio sich den Blick auf diesen Rekordhalter der Liebenswürdigkeit, auf dieses Genie der Zuwendung nicht vom Verlierergram trüben läßt. Ihr hat Sylvio es immerhin zu danken, daß er die rechtwinkligblondbrave Ellen wieder zurückbekommen hat. Gern geschehen, mon cher petit. So, und jetzt spielen Sie den Vernünftigen – nicht Ihre Lieblingsrolle, Sylvio, ich weiß – und holen mir Ernest an die Strippe.

Daß sie ihn siezte, erleichterte ihm die Antwort. Im Augenblick geht das nicht, sagte er leise und so, als leide er unter dieser negativen Antwort am meisten. Er vermied in seiner Antwort den Namen. Annelie sprach den Namen extrem englisch aus. Das wollte er nicht nachmachen. Aber aus der deutschen Aussprache hatte sie ihn vertrieben.

Ja, sagte sie, dann seien Sie mein Go between, Sylvio, und melden meinem Erzengel Ernest: Die Maschine aus Los Angeles, mit der meine Schwester kommen wollte, ist gestrichen worden. Due to operational reasons. Ernest und ich könnten morgen früh also doch nach Madrid jetten und von dort nach Teneriffa rüberhüpfen. Das soll Sylvio Ernest ehestmöglich melden, sobald eben Ernest zurückkommt aus dem Grünen, wo er mit Ellen den Abschied ausschreitet. Daß sich Ernest diesen Abschiedsgang mit Ellen nicht hat weggrapschen lassen aus den Zweigen seines Wesens, das ist Ernest como puro. Sie gab Instinktcontra. Das i-Ging meldete krauseste Gefahr. Aber Ernest ist das Ritterprogramm in Person. Ein Gentleman der Seele. Ihr ist ähnliches nirgends erschienen. Sie kommt aus dem Staunen so schnell nicht raus. Aber gecheckt hat sie es. Ein Mensch genügt, dann darf der Rest ruhig forgettable sein.

Sylvio sagte, er werde, sobald er dazu Gelegenheit habe, dem Gast bestellen, daß, da die Schwester nicht komme, morgen früh umdisponiert werden könne. Sie sind ein rechtes Schätzchen, Sylvio. Die nächste Träne gieß ich in das Krüglein, das Sylvio heißt. Aber ich lüge nicht mehr auf eure Art durch Verschweigen. Sie sollen's wissen: Ich wollte ihm den Ellen-Besuch madig machen. Nicht geschafft. Nicht einmal vor diesem deprimierenden, an Ölkatastrophen auf dem Atlantik erinnernden, auch von Ellen in Madrid erworbenen Hemd habe ich Ernest schützen können. Finster gebrütet, seit er weg ist. Dann überkam's mich. Ich habe die rot explodierende Madrid-Krawatte, Ellen's buy, too, zerschnippelt und mit Gesang hinuntergespült. Jetzt hat mich die Angst. Sagen Sie ihm: Annelie bedauert kraß, es tut ihr überall weh. Er muß das ganz schnell erfahren, um mir zu vergeben, sonst passiert doch noch was. Mit den Schagris kannste nicht juxen. Buenas noches. Ach, Sylvio, wissen Sie, was Shmetta heißt?

Er sagte: Nein.

Siehste, sagte sie, ick ooch nich. Lese da grad'n englischn Roman mit lauter so ulkige Wörter. Buenas noches, Sylvio. Und hängt auf. Nach Buenas noches hätte sie eigentlich noch sagen sollen: Laß mich das dir sagen, fand Sylvio.

Sylvio setzte sich, trank, bis die Flasche leer war, holte eine neue Flasche, öffnete sie aber draußen; gehen mußte er ohnehin so vorsichtig, daß sein Gehen und Kommen nicht auffiel; er kam sich vor wie ein Torero; die Fakten waren die Stiere; er täuschte sie; ließ sie ins Leere laufen; der rote Wein war seine Moleta. Sylvio empfand jetzt alles als Gewalt. Was du hörst, siehst, es will Herr über dich sein. Fliehen. Bloß nicht standhalten. Das ist ja das letzte, standhalten wollen. Fliehen, wie nie zuvor. Feige sein wie noch nie. Eine Selbstauflösung bis zur Unspürbarkeit. Dann gibt es keine Herrschaft mehr über dich.

Ovid kam nicht zurück auf den Boulevard. Im Gegensatz zu Cicero, Seneca und Konsorten. Im skythischen Winter bleiben. Konversation mit dem eingebauten Beobachter. In jeden ist die ganze Menschheit eingebaut. An eingebildeten Zuschauern kein Mangel. Zeugenlosigkeit wäre unerträglich. Bitte, keine heroische Konstruktion. Aber das schläfrige Geschlürf der Wellen.

Seit du erlebt hast, daß Leute, die du für deine Verfolger hieltest, sich als deine Förderer empfanden, kannst du Menschen eher entbehren.

Spät in der Nacht kommt Ellen dann aus Bogenhausen und Grünwald zurück und meldet, plötzlich werde überall Carpaccio, Vitello Tonato und Hechtmousse serviert.

Zum Glück hast du eine Beschäftigung, die ihren Reiz nie verliert. Sitzen, die Wertlosigkeit der Augenblicke hortend, in der Hoffnung, vergangen seien sie reich. Das reicht.

Den einen Teil der Freunde hast du verloren durch Mißerfolg, den anderen durch Erfolg. Die einen hatten darauf vertraut, daß du Erfolg, die anderen, daß du keinen Erfolg haben würdest. Nun sind sie alle endgültig enttäuscht von dir.

Du kannst sitzen, immer wieder etwas Gedachtes an die gedachte Wand werfen und dir vorstellen, in was für Wahrnehmbarkeiten es zerspringt.

Das reicht.

Sylvio legte seine Hand auf Sylvis Hand, sie ließ es zu. Alf stand auf, als müsse er bereit sein, etwas, was jeden Augenblick geschehen könnte, abzuwehren. Als Arthur aufhörte, sagte Alf: Bellini. E-Dur.

Jetzt war es sehr still. Kein Sturm mehr. Keine Trompete. Sylvio hatte das Gefühl, daß er mit seinen Kindern ein Denkmal sei. Wofür bitte? Unklar. Einfach eine Gruppe. Die Unzertrennbarkeit. Ja, das möchtest du gern. Schau genauer hin. Eine Gruppe sind wir schon. Eine Gruppe von von einander Getrennten. Auf engstem Raum. Unzertrennbar Getrennte.

Als Ellen zurückkam, sah sie aus, als habe sie seit langem nicht mehr geschlafen. Ihrer Gesichtshaut schien ein Halt entzogen worden zu sein. Waren ihre Augen größer geworden? Sie setzte sich in einen der Sessel. Dadurch fühlte sich Sylvio zu einer Entscheidung gedrängt. Konnte er hier neben Sylvi sitzen bleiben, wenn Ellen sich in den Sessel setzte, der zu der Sitzgruppe mitten im Raum gehörte? Sylvi wirkte nicht, als sei sie zu einem Platzwechsel fähig.

Sylvio hätte jetzt aufstehen, zu Ellen hingehen, sich zu ihr setzen sollen. Seit Ellen zurück war, seit sie sich in den Sessel gesetzt hatte, seit Sylvi etwas zu ihr hinüber gesagt hatte, gab es zwei Gruppen im Raum, zwei Zentren. Ellen war benachteiligt. Ellen saß allein. Er gehörte zu Ellen. Aber wie hinüberkommen? Andererseits: Wollte Ellen ihn jetzt? Brauchte sie ihn? Man weiß immer nichts. Ihr Schneuzen und Betupfen war deutlich allergiebedingt. Sylvio spürte, daß Ellen Wert darauf legte, in dieser Hinsicht von der Familie nicht mißverstanden zu werden.

Als das Telephon klingelte, hörte sich das an, als sei das Telephon sehr einsam, als müsse man ihm zu Hilfe kommen. Sylvio sah Alf an. Alf ging hinaus. Sylvio wollte ihm nachrufen: Ich bin nicht da, für niemanden. Aber ihm fiel noch rechtzeitig ein, daß es der Verleger sein konnte, um diese Zeit rief Herbert immer an. Es konnte nur der Verleger sein. Wenn er mit dem Erlkönig telephoniert hat. Ach ja. Schon seit vier Tagen hat Herbert nicht mehr angerufen. Heute war der fünfte Tag. Da muß er ja wohl anrufen, der Verleger. Oder hat Erlkönig befohlen: Schluß mit Kern. Nein, das eben nicht! Der Verleger, der, wenn er wollte, der liebenswürdigste Mensch sein konnte, rief seinen Sylvio Kern schon an. Ach ja. Das doch. Und Sylvio Kern sprach gern mit seinem Verleger. Abends. Sehr gern. Es war dann immer eine Enttäuschung. Aber Sylvio hoffte jedesmal, diesmal werde es keine Enttäuschung sein. Zum Glück konnte er nichts lernen. Was hätte denn der Verleger erfinden sollen, um Herrn Sylvio Kern den Abend lebenswert zu machen, was denn, bitte! Jetzt geh schon, sei so freundlich, wie du leider immer noch bist. Geh! Ans Telephon! Rasch! Dein Verleger wartet!

Aber Alf kam schon zurück. Frau Brunnhuber. Sie ruft

vom Ramsacher Kircherl an. Ob sie dich sprechen könnte. Kurz.

Ellen, die allein gemeint war, stand auf, ging hinaus, kam zurück und sagte, sie müsse Margot Brunnhuber in Murnau drüben holen. Margot sei nach einem entsetzlichen Streit mit ihrem Mann von ihrem Mann dort sitzen gelassen worden. Ihr Geld sei im Auto. Der Mann mit dem Auto abgefahren.

Ellen wartete keine Reaktion der Familie ab. Sylvio war froh, daß er sich vorher nicht zu Ellen hinübergesetzt hatte. Alf, Sylvi und er waren wieder die Gruppe. Sylvi war das Zentrum, der Schwerpunkt. Seit Arthur nicht mehr trompetete und der Sturm erloschen war, seit Ellen den Raum verlassen hatte, war es noch deutlicher geworden, daß sie schwiegen. Ellen hätte Alf bitten können, zu dieser Ausflugskirche zu fahren. Es gab eine Gaststätte neben der Kirche. Frau Brunnhuber hätte ein Taxi rufen können. Nein, das wäre zu teuer gewesen. Von Murnau nach Pasing. Das hätte Herr Brunnhuber nicht verziehen. Die Kosten, die ein Ehekrach machen darf, müssen verhältnismäßig bleiben. Ellen hat erzählt, daß Frau Brunnhuber in zehn Jahren noch keinmal in der DAS-Turm-Cafeteria war. Sie lebt von Äpfeln und hartgekochten Eiern. Brunnhubers brauchen so gut wie kein Geld. Sobald sie unterwegs sind, und sie sind, wenn sie nicht arbeiten und er nicht im Keller schießt, immer unterwegs, dann leben sie in einem komfortfeindlichen Wohnwagen, essen Äpfel und harte Eier. Ellen sagt: Brunnhubers legen es an. Das Geld. Im Fall einmal etwas passiert. Bei ihrer abenteuerlichen, also gefährlichen Art zu leben, sage der Krankenpfleger Brunnhuber, könne einmal etwas passieren und dann stehe man, falls man nichts zurückgelegt habe, dumm da. Niemand kennt Brunnhubers besser als Ellen. Deshalb ist sie sofort gegangen.

Sylvi schaute noch immer geradeaus. Alf und Sylvio schauten auf Sylvi. Man weiß immer nichts, dachte Sylvio wieder. Sonst hätten sie sich doch mehr gefreut damals, als ein Bienenvolk noch hundertfünfzig Mark kostete. Und eine Königin, eine künstlich befruchtete, auch hundertfünfzig. Sylvi hatte sich beides zum Geburtstag gewünscht. Sie hatten die Köpfe geschüttelt, den Wunsch erfüllt, aber sie hatten sich nicht gefreut über diesen Wunsch. Sie wird noch weniger tun für die Schule, hatten sie zueinander gesagt. Von heute aus gesehen lebte man damals im Paradies. Vor acht Jahren also lebte man noch im Paradies. Leider hat man es nicht gewußt. Er hatte Sylvi beobachtet, wie sie liebevoll den Schwarm mit Wasser besprühte, daß er nicht wegfliege. Er hätte gern mit Sylvi über die Bienenvolkzeit gesprochen, aber Sylvi sah überhaupt nicht aus, als könne man mit ihr jetzt Erinnerungen an eine künstlich befruchtete Königin aufwärmen.

Plötzlich bellten Casti und Poldi wieder. Alf ging hinaus, kam mit sieben roten Rosen und einem Brief zurück, überreichte Sylvi Blumen und Brief. Sie las, sagte: Arthur.

Sylvio sagte: Wo bringt er am Freitagabend Blumen her.

Sylvi sagte: Seine Mutter kriegt immer Blumen, wenn Gäste abreisen. Besonders am Freitag. Bitte, ruf ihn an, Alf. Morgen kann er kommen. Aber erst am Nachmittag.

Sylvio dachte: Morgen hat sie doch Regatta. Aber er sagte nichts. Als Alf draußen telephonierte, griff Sylvio nach Sylvis Hand und sagte: Ach ja.

Das war seine Formel, sein Joker, sein verbales Versatzstück. Er wußte, daß Sylvi das wußte. Mit weniger Tendenz konnte er sich nicht an sie wenden. Nichts ließ ihr mehr Freiheit zu reagieren oder nicht zu reagieren als sein Achja. Er hatte die Formel diesmal so friedlich resignativ eingefärbt, als es überhaupt möglich war. Wenn Alf da gewesen wäre, hätte er gesagt: So, so, Signore C-Dur. Ach ja.

Alf kam zurück und sagte, Arthur lasse grüßen. Sylvio hatte das Gefühl, als mißhandle man Arthur schon den ganzen Tag. Er spielt und spielt, man tut, als höre man nichts. Sylvi vertröstet ihn einfach auf morgen. Morgen hat sie Regatta. Also wird sie ihn morgen auf übermorgen vertrösten. Arthur ist zu zart, tritt zu wenig auf, also wird er so behandelt, wie Zarte, wie Nichtprotze behandelt werden. Antonia würden wir nicht so behandeln, dachte Sylvio. Mrs. Rovan allerdings behandelt die ganze Familie Rusch so, wie wir Arthur behandeln. Sobald sie aus New York eintrifft, darf sich von Ruschs niemand mehr auf der Seeseite des

Hauses blicken lassen, und Frau Rusch muß, bevor sie morgens zum Massieren fährt, der gnädigen Frau das Frühstück ans Bett servieren.

Ein kleines Motorrad wurde gestartet, fuhr davon in Richtung Starnberg. Arthur sucht Ersatz, dachte Sylvio. In Starnberg findet er mehr als Ersatz. In Starnberg kann am Freitagabend Ende Mai das Leben ganz schön pulsieren. Warum hat Sylvi Arthur nicht sagen lassen: Komm jetzt! Gleich! Alles hier könnte, wenn Arthur da wäre, glimpflicher verlaufen. Ellen käme zurück, Arthur wäre da, das zwänge alle zur Selbstbeherrschung. Und wenn er in Starnberg verlorengeht, Sylvi! Ende Mai geht man in Starnberg am Freitagabend, wenn man auf Samstag vertröstet wird, leicht verloren, Sylvi. Wie zart schnürte dieses Motorrad fort durch die Nacht. Echt Arthur. Als Sylvio sich, ohne das gewollt oder geplant zu haben, plötzlich in Annelies Parterrewohnung in der Schönfeldstraße fand, mit ihr im Bett lag und es schon Mitternacht war und schon alles vorbei war, wurde in der engen Schönfeldstraße plötzlich ein ungeheures Motorrad gestartet, schoß aufheulend in die Ludwigstraße hinaus, wurde dort in rasanter Folge in den dritten Gang geschaltet und raste zwar davon, aber das Geräusch blieb so irrsinnig laut, als rase eine motorradgroße Hummel über München-Mitte im Kreis herum. Sylvio hatte dem ganz allmählich fortstrebenden Riesengeräusch nachgehört, hatte den auf dem Motorrad beneidet. Der konnte fort. Er lag hier in einem Bett, in dem es belebend zugegangen

war, aber jetzt wäre er eben doch lieber auf einem Motorrad fortgebraust. Ein paar Minuten später heulten die Hörner von Polizei- und Unfallwagen in dieselbe Richtung. Da hatte er sich noch einmal hineingekuschelt in die fabelhaften Kulissen der Annelie Franz. Er hatte sich zwar, wenn er bei ihr gewesen war, immer hinausgesehnt. So wildfarbig, wie bei ihr alles war, konnte er sein Leben nicht verbringen. Aber wenn er dann daheim war, hatte er Annelie wieder anrufen müssen, um sich wieder vollaufen zu lassen von ihrem begabten Gesumm. Sie war eine enorme Hummel. Und eine große Soldatin. Sylvio genierte sich jetzt, weil ihm einfiel, daß er diese tonreiche Farbenpracht in seiner Romankonstruktion unter dem Namen Liss Lanz auftreten lassen wollte. Was für eine Erlebnisarmut drückte sich aus in dieser Reduktion auf zwei Silben billigen Anklangs. Andauernd erfährt man, wozu man fähig ist, und erschrickt viel zu wenig.
Ellen kam, sagte nichts und setzte sich wieder in den Sessel. Sie wollte also allein sein. Ellen konnte Elfi heißen und von BMB Elfe genannt werden. Aber BMB mußte EME heißen. Jetzt erst recht. Insbesondere weil dieser lächerliche Unfall kurz vor der Autobahn nicht stattfinden würde. Bei Sylvio mußte EME lebendig davonkommen. Wie das gehen sollte, ließ sich nicht voraussehen. Es ließ sich nur wollen, nicht planen. Wie naiv von ihm, dem unterlegenen Ehemann einzugeben, er könne mit Hilfe der Freundin der Tochter dem Widersacher schaden, ihn vielleicht sogar zu Tode

kommen lassen. Die Tochter soll das tun. Ganz allein.
Sogar gegen Vaters Wunsch und Willen. Die Tochter
muß weiterhin Claudia heißen, er Claudius, ohne
einige Maskierung traut er sich nicht aus sich heraus.
Claudia weiß nicht, daß der Vater seine Geliebte ins
Haus bringen wollte, daß die Mutter sich den Lebens-
fanatiker EME nur nimmt, weil sie ihr Selbstgefühl
heilen muß. Die Tochter rächt einen Vater, der das kein
bißchen verdient. Von den Affären, die der Vater nicht
vermeiden konnte, wird in der Familie nicht gesprochen. Auch die Frau würde sich vor den Kindern für
den Vater genieren. Was aber die Mutter, auf ihren
Mann reagierend, unternimmt, wird nicht verborgen.
Also arrangiert Claudia ihrem erniedrigten Vater zuliebe eine für den großen Vitalisten tödliche Situation.
Und erfährt erst nachher, wie wenig sich ihr Vater, was
Frauen angeht, von dem unterscheidet, dessen Tod sie
verschuldet hat. Als sie das erfährt, erinnert sie sich
daran, gelesen zu haben, daß in der Antike eine Frau
versteinerte. Sie hat das Gefühl, das passiere ihr jetzt.
Sie spricht es aus, versucht mitzuteilen, wie die Starre
sich ausbreitet in ihr. Sie sitzt in dem Schaukelstuhl,
den der Bruder gerade verlassen hat. Die Schwester
wird diesen Stuhl nicht mehr verlassen.
Sylvi sagte: Mama.
Ellen sagte: Ja.
Sylvio kam Sylvi zuvor und meldete, daß Annelie
Franz angerufen und ihm aufgetragen habe, Herrn
Müller-Ernst mitzuteilen, daß die Maschine aus Los

Angeles mit Frau Franzens Schwester morgen vormittag nicht eintreffen werde, daß deshalb Herr Müller-Ernst und Frau Franz nach Madrid und weiter nach Teneriffa fliegen könnten.

Sylvi sagte: Das hat er nicht mehr gewollt. Er hat mich heiraten wollen.

Jetzt sahen alle Sylvi an, aber niemand sagte etwas.

Sylvi sagte: Und wenn ich schwanger bin?

Ellen sagte: Unsinn.

Sylvi sagte: Er hat mich heiraten wollen.

Ellen sagte: Sylvi, das ist eine Redensart.

Sylvi mußte zuerst einen Schnupfenausbruch ihrer Mutter abwarten, bevor sie antworten konnte.

Er hätte diesen Satz nicht sagen sollen, sagte sie.

Sylvio hätte den Raum am liebsten verlassen. Das waren Mitteilungen, denen er nicht zuhören wollte. Er war feige. Er sagte nicht, was er wollte. Tat nicht, was er wollte. Er blieb sitzen. Plötzlich heulte die Alarmsirene der Macke-Festung auf. Im Dunkel durch alles Gewächs hindurch sah man das Huschen der Lichtstrudel. Das kam jede Woche mindestens einmal vor. Entweder löste ein Vogel den Alarm aus oder Dr. von Macke machte einen Probelauf. Um diese Zeit allerdings kam es selten vor. Es dauerte auch nicht lange, dann wurden Lichter und Ton abgestellt. Sylvio war richtig dankbar für diese Störung. Kaum war es wieder ruhig, ging das Telephon. Noch nie war Sylvio seinem Verleger so dankbar für den Anruf wie in diesem Augenblick. Er bedeutete Alf, daß er selber hinausgehen werde, und ging fast ohne zu hinken in die Vorhalle und nahm ab und sagte, statt seinen Namen zu sagen: Das war aber auch Zeit, mein Lieber. Statt der süddeutsch und hell schwingenden Verlegerstimme meldete sich eine eher sächsisch oder thüringisch gefärbte Trauerstimme und sagte: Koltzsch, Wolf Koltzsch. Er habe mit Ellen zu sprechen. Dringend. Unaufschiebbar: Also bitte, keine Vorwände, mein Herr.

Dieser Mann war betrunken, und wie.

Ich weiß nicht, ob es meiner Frau im Augenblick paßt, sagte Sylvio.

Na, dann machen Se's doch passend, ich wart' derweil. Es is nämlich so, daß meene Frau ganz schlescht dran is diesen Abend und da komm' ich ohne Ellen nich' über die Runden. Wie denken Sie über anmachendes Telephonieren, mein Herr? Ich glaube, nur Schwachköppe können gegen den verbalen Geschlechtsverkehr sein. Sie als Schriftsteller sind wahrscheinlich 'n Pionier der fernmündlichen Schweinerei. Auch muß ich Ellen den Artikel nochmals vorlesen, den wir mitsammen geschrieben haben. Ob sie noch dazu steht, wie sie nachmittags dazu gestanden is' und so, verstehen Se.

Die Stimme war immer leiser geworden. Als nehme der Mut zum Weitersprechen von Wort zu Wort ab. Am Schluß versickerte die Stimme förmlich. Ging unter in einem Genuschel.

Herr Kern, sagte die Stimme dann plötzlich. Ich bin a Fan von Ihnen. Feichling find' ich 'n großes Buch. Von dem Konjunktivgeschlampe mal abgesehen. Aber sonst, allen Respekt. Ganz mein Fall, Herr Kern. Entschuldchen Sie, bitte, den Überfall. Grüßen Sie Ihre Frau, Herr Kern. Ene großartche Frau, Herr Kern. Ich weeß, was ich saache. Gute Nacht, Meester.

Sylvio kam zurück, sagte, ein Herr Koltzsch habe angerufen, habe zuerst Ellen sprechen wollen, habe sich dann aber damit zufrieden gegeben, Ellen seine Bewunderung auszudrücken. Du seist eine großartche Frau.

Sylvi stand auf und sagte, sie wolle ins Bett.

Ja, sagte Sylvio, fragend.

Ja, sagte Sylvi.

Wann die Regatta starte, fragte Sylvio.

Ich gehe zu keiner Regatta mehr, sagte Sylvi. Morgen vormittag fahre ich nach München.

Sylvi! rief Sylvio. Hast du gehört, Ellen, Sylvi fährt in die Stadt!

Er sagte das, als seien damit endlich alle Probleme gelöst.

Ellen sagte: Warum nach München?

Sylvi: Ich brauche eine neue Rottönung für meine Haare.

Und ging zu Ellen hin und gab ihr einen Kuß auf die Wange und schickte Sylvio eine Kußandeutung durch die Luft und winkte Alf zu und ging langsam hinaus. Als sie draußen war, sagte Alf: Gute Nacht. Am Sonntag nicht auf mich warten. Ich melde mich dann.

Er winkte seinen Eltern zu, dann ging er rascher hinaus, als man es von ihm gewohnt war.

Sylvio dachte: Jetzt ruft Herbert nicht mehr an. Nie mehr. Wahrscheinlich hat der Erlkönig ihn endgültig abgebracht von dir.

Ein Geräusch. Ellen. Sie weinte. Ach ja. Das Gute an den gewöhnlichen Entsetzlichkeiten dieser Welt ist, daß sie gegen einander konkurrieren. Jede will die entsetzlichste Entsetzlichkeit sein. Aber durch ihr Gegeneinander überfordern sie unsere Empfindungskraft so sehr, daß wir fast schon wieder ruhig zusehen können, wie sie sich um das Vorrecht, uns zu quälen, streiten. Entweder würde er jetzt hinaufgehen und Ovid lesen oder er würde hier sitzen bleiben und warten, bis Ellen mit ihm spräche. Ellen weinte schon nicht mehr. Vielleicht war es auch nur ein besonders heftiger Schnupfenanfall gewesen. Er setzte sich jetzt hinüber zu ihr. Nicht ihr gegenüber, sondern neben sie. Er wollte sie, sollte es möglich werden, berühren können. Er brachte die Flasche und zwei Gläser mit. Er stellte ihr ein Glas hin, schenkte ein. Was für Gesten werden möglich allein durch den Wein! Jetzt steht dieses Glas vor ihr, man muß nichts sagen, der Burgunder wartet mit einer Geduld aus reinem Samt, mit einem verschwiegenen Feuer, einer leidenschaftlichen Unaufdringlichkeit. Wenn Ellen das wüßte! Aber sie denkt in eine andere Richtung.

Sylvio führte das Glas jetzt anders zum Mund als vorher. Nicht mehr verschämt, sondern einladend. Demonstrativ. Wir könnten, Ellen, beide den Burgunder wie einen weiten Mantel tragen, in dem wir Platz haben, einander nahe zu sein, ohne ... ohne weiteres. Düstere Freuden, summendes Unglück, kreischender Aberwitz, vielstimmiger Haß, monochrom gelber Horizont, herrliche Weite des Neides, die reine Belebung. Ich lebe vom Habenwollen. Keiner der Habenden hat vom Haben soviel wie ich vom Wollen. Aber wie soll Sylvi diese Nacht überleben? Und wie Alf? Und wie Ellen? Und wie Annelie Franz? Und wie dieser Koltzsch?

Ellen hatte doch nicht in eine andere Richtung gedacht. Sie stand auf und sagte: Ich muß zu Sylvi. Als Sylvio auch aufstand, sagte sie: Du nicht.

Sylvio wünschte, sie möge sich, bevor sie durch die Schwingtüre ging, noch einmal umdrehen und zu ihm hin sagen: Bis später. Oder: Bis nachher. Oder gar: Bis gleich, Sylvio. Wenn es sich um eine Figur von ihm handeln würde, hätte sie den Raum und den Mann nicht ohne eine weiterführende, irgendeine Art Trost signalisierende Formel verlassen. Der undargestellten Wirklichkeit fehlte genau das, was sie erträglich machen könnte. Ellen ging hinaus, ohne sich auch nur ein bißchen umzudrehen. Wie sollte er diese Nacht überleben? Aber Sylvi brauchte Ellen dringender. Er konnte hinaufgehen in sein Zimmer. Die hölzerne Decke seines Zimmers wird von der Dachform bestimmt. Keine Müller-Ernst-Decke also. Das war doch jedesmal ein Effekt, diese Dachform als Zimmerdecke. Vielleicht setzte er sich noch in den Korbstuhl auf der Altane. Drüben Lichter suchen. Auf jeden Fall

droben sein, bei sich; der Familie, die sich dafür nicht interessierte, zu demonstrieren, daß er auch irgendwohin gehöre. Er mußte mit komischen Bewegungen von Stufe zu Stufe den verstauchten Fuß übertölpeln, war froh, als er droben war, und setzte sich sofort an den Schreibtisch. Der hatte schon dem Großvater gedient. Arbeiten wollte er nicht. Sobald er auch nur einen Schluck Wein getrunken hatte, rührte er kein Papier mehr an. Er kam sich dann vollends unwürdig vor. Also sitzen, Wörter fangen, die schnell notieren, das schon. Morgen mit den gefangenen Wörtern, falls sie die Nacht überleben, arbeiten. Vielleicht war dieser Satz, der heute einmal notwendig geworden war, sogar ein Anfangssatz. Er notierte ihn: Wer ein Jahr jünger ist, hat keine Ahnung. Ein solcher Satz, der sich schon durch seine Gewißheitsausstrahlung als unhaltbar erweist, könnte einen Anfang ermöglichen. Ein Schlußsatz dürfte nicht so auftreten. So rechthaberisch. Gegen Schluß müssen die Sätze, obwohl ja alle Sätze gleich lautlos auf dem Papier stehen, leiser wirken. Und richtungsloser. Wenn noch eine Tendenz, dann die zum Stillstand. Die schönste aller Tendenzen. Das Telephon schrillte. Direkt vor ihm. Er erschrak zwar, aber es war auch ein Durchbruch, es war die Erlösung. Herbert, wenn du heute nicht angerufen hättest, das hätte ich dir übelgenommen! Ich hätte versucht, dich für dieses Nichtanrufen zu hassen.
Er nahm ab und sagte: Jetzt also, mein Lieber!
Es meldete sich eine Stimme, die er kannte, aber er

wußte nicht gleich woher. Hier spricht Dr. Bertram Spitz. Sind Sie es selbst, Herr Kern? fragte Herr Dr. Spitz.

Mein Gott, dachte Sylvio, was für ein Mann! Was für eine Höflichkeitskraft! Sind Sie es selbst, Herr Kern! Das klang so gar nicht schnöde! In einem so kurzen Sätzchen eine solche Freundlichkeitsstimmung! In einem einzigen Moment wurde Sylvio durchströmt von der Gewißheit, daß Dr. Spitz anrufe, um mitzuteilen, daß er gerade den dritten Band zu Ende gelesen habe und wie gut ihm dieses Buch gefallen habe. Oder – und das schoß ihm wirklich gleichzeitig durch die Bewußtseinsbahnen – er muß mitteilen, daß in der nächsten DAS-Nummer eine gemeine Schmähung des dritten Bandes veröffentlicht wird, Sie wissen, der Erlkönig, zurückweisen kann auch ein Dr. Spitz das nicht. Aber das tut ja schon gut, daß ein Dr. Spitz persönlich...

Herr Dr. Spitz sagte, eigentlich habe er Ellen sprechen wollen, aber er sehe gern ein, daß das im Augenblick nicht möglich sei, also bitte er Herrn Kern, seiner verehrungswürdigen Frau mitzuteilen, wie glücklich er, Dr. Spitz, sei über Ellens einhundertundacht Zeilen, die er sich gerade habe heimfaxen lassen. So zart wie genau, so weise wie clever sei Ellen zu Werke gegangen, er fühle sich verpflichtet. Dann darf ich eine gute Nacht wünschen, lieber Herr Kern. Meine Verehrung.

Sylvio konnte leider gar nichts erwidern. Herr Dr. Spitz hatte sofort nach dem letzten Wort aufgelegt.

Praktisch ins letzte Wort hinein hatte der aufgelegt. Als wolle er jede Gesprächsmöglichkeit unterbinden. Sylvio notierte sich auf das Kalenderblatt von morgen: Ellen zum Einhundertachtzeilenerfolg gratulieren! Dann humpelte er hinaus auf die Altane. Er setzte sich in den Korbstuhl und genoß das Ächzen und Krächzen seines ihm seit Jahrzehnten vertrauten Korbstuhls. Und schaute über Bäume und See und versuchte wieder einmal zu bestimmen, welche Lichter noch zu Niederpöcking und welche schon zu Tutzing gehörten. Sobald er sich für eine Grenzziehung zwischen Niederpöcking und Tutzing entschied, bezweifelte er sie. Er konnte sich nicht dagegen wehren, daß in ihm ein Streit entstand zwischen ebenso unbeweisbaren wie unwiderlegbaren Behauptungen. Diese Art Streit mochte er. Er wollte sich nicht durchsetzen gegen sich selbst. Er gab die Altane auf.

Drinnen setzte er sich an den Schreibtisch, legte ein Blatt Papier vor sich hin und füllte es mit Wörtern. Er schrieb die Wörter in sehr verschiedenen Buchstabengrößen. Je nachdem, wie wichtig ihm die Wörter vorkamen. Falls ein paar von diesen Wörtern die Nacht überlebten, konnten sie dem Roman, falls er den je schriebe, als Titel dienen. Er schloß eine Zeit lang die Augen. Dadurch, hoffte er, könnten sie wieder erlebnisfähiger werden. Er wollte es, wenn er sie wieder öffnete, ganz den Augen überlassen, sich für ein Wort oder für ein paar Wörter zu entscheiden. Als er die Augen wieder öffnete, wurden sie von zwei Wörtern angezogen, die größer waren als alle anderen. Die zwei übriggebliebenen Wörter kamen ihm vor wie ein Ergebnis, das ohne seine Mitwirkung zustandegekommen war. Er faßte Vertrauen zu diesen zwei Wörtern. Er strich alle anderen Wörter durch. Und es stand da: ohne einander.

INHALT

Die Bücher von Martin Walser
im Suhrkamp Verlag:

Ein Flugzeug über dem Haus und andere
Geschichten. 1955
suhrkamp taschenbuch 612. 1980

Ehen in Philippsburg. Roman. 1957
Bibliothek Suhrkamp 527. 1977
suhrkamp taschenbuch 1209. 1985

Halbzeit. Roman. 1960
suhrkamp taschenbuch 94. 1973

Eiche und Angora. Eine deutsche Chronik.
1962
edition suhrkamp 16. 1963

Überlebensgroß Herr Krott. Requiem für einen
Unsterblichen
edition suhrkamp 55. 1964

Der schwarze Schwan
edition suhrkamp 90. 1964

Lügengeschichten
edition suhrkamp 81. 1964
suhrkamp taschenbuch 1736. 1990

Erfahrungen und Leseerfahrungen
edition suhrkamp 109. 1965

Das Einhorn. Roman. 1966
suhrkamp taschenbuch 159. 1974

Der Abstecher
edition suhrkamp 205. 1967

Heimatkunde. Aufsätze und Reden
edition suhrkamp 296. 1968

Fiction. 1970

Ein Kinderspiel. Stück in zwei Akten
edition suhrkamp 400. 1970

Die Gallistl'sche Krankheit. Roman. 1972

Der Sturz. Roman. 1973
suhrkamp taschenbuch 322. 1976

Wie und wovon handelt Literatur. Aufsätze und
Reden
edition suhrkamp 642. 1973

Das Sauspiel. Szenen aus dem 16. Jahrhundert. 1975

Jenseits der Liebe. Roman. 1976
suhrkamp taschenbuch 525. 1979

Ein fliehendes Pferd. Novelle. 1978
suhrkamp taschenbuch 600 und 2250. 1980 und 1993
Bibliothek Suhrkamp 819. 1983

Seelenarbeit. Roman. 1979
suhrkamp taschenbuch 901. 1983

Wer ist ein Schriftsteller? Aufsätze und Reden
edition suhrkamp 959. 1979

Das Schwanenhaus. Roman. 1980
suhrkamp taschenbuch 800. 1982

Die Anselm Kristlein Trilogie. 3 Bände in Kassette.
Halbzeit. Das Einhorn. Der Sturz
suhrkamp taschenbuch 684. 1981

Selbstbewußtsein und Ironie. Frankfurter
Vorlesungen
edition suhrkamp 1090. 1981

In Goethes Hand. Szenen aus dem 19. Jahrhundert.
1982
suhrkamp taschenbuch 1077. 1984

Brief an Lord Liszt. Roman. 1982
suhrkamp taschenbuch 1183. 1985

Gesammelte Geschichten. 1983
Bibliothek Suhrkamp 900. 1985

Liebeserklärungen. 1983
suhrkamp taschenbuch 1259. 1986

Brandung. Roman. 1985
suhrkamp taschenbuch 1374. 1987

Meßmers Gedanken. 1985
Bibliothek Suhrkamp 946. 1987
suhrkamp taschenbuch 2140. 1992

Ein fliehendes Pferd. Theaterstück
edition suhrkamp 1383. 1985

Die Ohrfeige
suhrkamp taschenbuch 1457. 1986

Geständnis auf Raten
edition suhrkamp 1374. 1986

Dorle und Wolf. Eine Novelle. 1987
suhrkamp taschenbuch 1700. 1990

Stücke
suhrkamp taschenbuch 1309. 1987

Jagd. Roman. 1988
suhrkamp taschenbuch 1785. 1990

Heilige Brocken. Aufsätze – Prosa – Gedichte
suhrkamp taschenbuch 1528. 1988

Über Deutschland reden. Aktualisierte Ausgabe
edition suhrkamp 1553. 1988

Die Verteidigung der Kindheit. Roman. 1991

Tassilo: Die Verteidigungs von Friedrichshafen.
Hörspiel
suhrkamp taschenbuch 1884. 1991

Tassilo: Hilfe kommt aus Bregenz. Hörspiel
suhrkamp taschenbuch 1885. 1991

Tassilo: Das Gespenst von Gattnau. Hörspiel
suhrkamp taschenbuch 1886. 1991

Tassilo: Zorn einer Göttin. Hörspiel
suhrkamp taschenbuch 1887. 1991

Tassilo: Lindauer Pietà. Hörspiel
suhrkamp taschenbuch 1888. 1991

Tassilo: Säntis. Hörspiel
suhrkamp taschenbuch 1889. 1991

Auskunft. 22 Gespräche aus 28 Jahren. Herausgegeben
von Klaus Siblewski
suhrkamp taschenbuch 1871. 1991

Das Sofa. Eine Farce, 1961. 1992
Einmalige numerierte und signierte Ausgabe in
tausend Exemplaren. 1992

Beschreibung einer Form. Versuch über Kafka
suhrkamp taschenbuch 1891. 1992

ohne einander. Roman. 1993

Über Martin Walser:

Über Martin Walser. Herausgegeben von
Thomas Beckermann
edition suhrkamp 407. 1970

Martin Walser. Herausgegeben von Klaus Siblewski
suhrkamp taschenbuch 2003. 1981

Martin Walser liest:

Der Unerbittlichkeitsstil. Rede zum 100. Geburtstag
von Robert Walser. Langspielplatte. 1978

Mein Schiller. Rede bei der Entgegennahme des
Schiller-Gedächtnispreises 1980 des Landes
Baden-Württemberg.
Langspielplatte. 1980

Martin Walser liest »Die Verteidigung der Kindheit«.
Tonband-Kassette. 45 Minuten. 1991